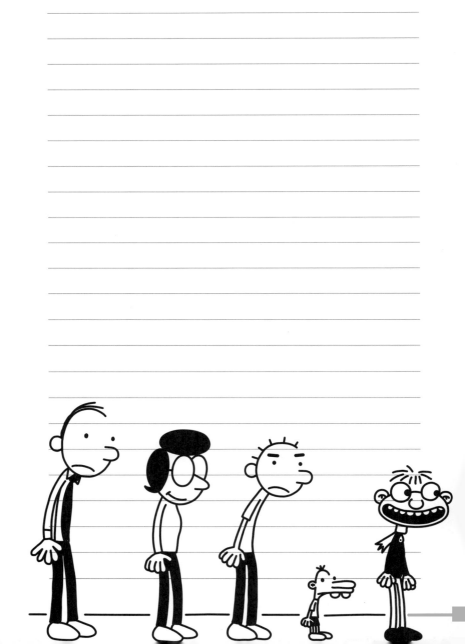

グレッグ・ヘフリーの記録

ジェフ・キニー／作

中井はるの／訳

ポプラ社

ママ、パパ、リー、スコット、そしてパトリックへ

Wimpy Kid text and illustrations copyright © 2007 Wimpy Kid, Inc.
DIARY OF A WIMPY KID ®, WIMPY KID™,
and the Greg Heffley design™ are
trademarks of Wimpy Kid, Inc. All rights reserved.

First published in the English language in 2007
by Harry N. Abrams, Incorporated, New York/
ORIGINAL ENGLISH TITLE : DIARY OF A WIMPY KID
(All rights reserved in all countries by Harry N. Abrams, Inc.)
Japanese translation rights arranged with
Harry N. Abrams Inc., New York
through Tuttle-Mori Agency, Inc., Tokyo

# 9月

**火曜日**

　まず、さいしょにいっておくよ。このノートは記録ノートで、日記帳じゃない。そりゃ、たしかに表紙には「日記」って書いてあるけれど、これはママのせいだ。なにも書いてない自由帳にしてってたのんだのに、ママったら「日記帳」を買ってきちゃったんだ。

　まったく、もう！　こんなノートもっているときにかぎって、いやなやつに会う。なにいわれるか、わかんないじゃないか。

　もうひとつ、ちゃんといっとくと、日記をつけたらっていいだしたのはママで、ボクじゃない。

　ママは、ボクがマジで自分の「気もち」をすなおに書くとでも思ってるのかな？　だったら、どうかしてる。「やあ、日記さん」とか、「ねえ、日記さん」とか書くわけないじゃん。

5

これを書くことにしたわけは、ただひとつ。ボクがしょうらい、金もちの有名人になったとき、1日中ばかばかしいしつもんに答えるのが、めんどうだからだ。そういう場合、これをだせば、いっぱつでかいけつするからね。

さっきもいったように、ボクはいつか有名になる。でも、今は学校で、おばかなやつらにかこまれてくらしている。

はっきり書いとくけど、はじめて学校をつくったおとなって、ものすごくマヌケだと思う。だって、ボクみたいにまだ成長期にはいってない子どもと、ひげをそらなきゃならないゴリラみたいなやつを、おなじところにいれちゃったんだから。

　そのくせおとなは、なぜ学校で弱いものいじめがあるんだろうって、ふしぎがっている。

　ボクだったら、学年を年れいじゃなくて、背の高さできめるね。でも、そんなことしたら、チラグ・グプタみたいな背のひくい子は、いつまでたっても1年生のままかもしれないな。

きょうは、新学年のスタートの日だ。今、先生があわてて座席表をつくってるんで、ボクたちは、またされている。座席表ができるまで、このノートでも書いて、ヒマつぶしだ。

　ところで、ちょっといいことを、おしえてあげよう。1学期のさいしょの日、どこにすわるかは、ぜったいに要注意だっていうこと。教室にはいって、テキトーににもつをおろして席にすわったときにかぎって、先生がこういうんだ———。

　というわけで、この教室のボクの席は、前がクリス・ホーシーで、うしろがライオネル・ジェームスになった。

ちこくしてきたジェイソン・ブリルが、ボクの右どなりにすわろうとしたんだけど、ぎりぎりのところでうまいことくいとめた。

つぎの授業では、教室にはいったら、すぐかわいい女の子のあいだにすわるぞ！　でも、それじゃ、去年の経験から、なにも学んでないってことになる。

まったく、さいきんの女の子ときたら、なにを考えてるんだか、ぜんぜんわかんないよ。前はもっと、かんたんだった。クラスでいちばん速く走るやつがモテるってきまってたんだ。

　3年生のときにいちばん速かったのはロニー・マッコイだ。

　ところがこのごろ、ことは、やたらとむずかしくなってきた。どんな服をきてるか、金もちなのか、おしりがカッコイイか、そのほか、いろいろかんけいしてくる。だから、ロニーみたいなやつらは、わけがわからなくなって頭をかいてるってわけ。

　今、学年でいちばんモテるのはブライス・アンダーソンだ。ボクは、ずーっと女の子にやさしくしてきたのに、ここにきて急にやさしくなったブライスが、いきなりダントツなんだから、やってらんないよ！

ボクは、ブライスがむかしどんなやつだったか、よくおぼえている。

　ボクは、そのころからずっとみかたしてるのに、女の子ってホント恩知らずだよ。

　とにかく今は、ブライスが学年のモテモテ・ナンバー1で、その下の順位をのこりの男子全員であらそっている。

　たぶんボクは、52位か53位あたりのはずだ。だけどいいニュースがある。さいしんじょうほうによれば、ボクより上のチャーリー・デイビースが、来週歯のきょうせいをはじめるらしい。となると、もしかしたらボクがひとつ上にあがれるかもしれない。

モテモテ・ランキングのことを、友だちのロウリー（ロウリーは、たぶん150位あたりをうろうろしてるはず）に説明した。だけど、あいつったら、まったくきょうみなさそうで、ボクの話はかたほうの耳から、もうかたほうの耳へとおりぬけてっただけみたい。

## 水曜日

　きょうは、体育の授業があった。ボクが、まず校庭でチェックしたのは、バスケのコートに例のチーズがへばりついたままかどうかだ。思ったとおり、チーズは、まだあった。

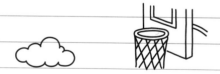

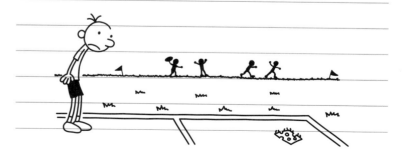

チーズが１まい、春からずっとアスファルトの上におちたままなんだ。たぶん、だれかのサンドイッチかなんかからポロッとおちたんだと思う。何日かして、カビだらけになって気もち悪くへんぼうした。そのときから、チーズのあるコートでバスケをしようなんてやつは、ひとりもいなくなった。そこって、ネットつきのゴールがある、たったひとつのコートだったんだよ。

　おまけに、ある日ダレン・ウルシュってやつが、そのチーズを指でさわっちゃったんだ。これが「チーズえんがちょ」のはじまりだった。それって、チーズにさわった手をほかのやつにくっつけるまで、ずっとチーズのバイキンをかかえてなきゃいけないんだよ。

「チーズえんがちょ」から身をまもるには、中指と人さし指をからめてバリアをつくるしかない。

でも、１日ずっと指をからめてるのは、けっこうむず

かしくて、ついついわすれちゃう。だから、ボクはテー

プでしっかり指をはりつけて、うごかないようにしたん

だ。でも、そういうときにかぎって、作文の清書がある。

成績は、らくだいすれすれになっちゃったけど、ぜった

いそれだけの価値があった。

　そう、この４月にエイブ・ホールってやつが、「チー

ズえんがちょ」になった。それから、だれもエイブの近

くによりつかなくなった。エイブは夏休み中にカリフォ

ルニアへ引っこしたから、「チーズえんがちょ」もいっ

しょに引っこしていっちゃった。

　もう「チーズえんがちょ」なんて、はじまらないとい

いな。これいじょう、ストレスをふやしたくないからね。

## 木曜日

　夏休みがおわったなんて信じたくない。毎朝早おきし

て学校に行かなくちゃならないなんて、サイアクだよ。

　そういえばボクの夏休みは、サイテーのできごとでは

じまった。それは、ぜんぶロドリック兄ちゃんのせいだ。

14

夏休みにはいって２日目の真夜中、ボクは兄ちゃんにおこされた。そしてボクは、兄ちゃんからきいたんだ。夏休みのあいだ、ボクはいちども目をさまさずにずっとねむりつづけ、たまたま学校がはじまる日の朝に運よく目をさましたんだって。

　こんなにかんたんにだまされるなんて、すごいバカだって思うかもしれない。でも、兄ちゃんは、ちゃんと学校へ行く服にきがえてたし、目覚まし時計も朝の時間になっていた。しかも、カーテンをしめきっていて、まだ朝じゃないってばれないようにしてたんだ。

　ボクは、ぼーっとしながら、いつものように、きがえて１かいへ朝ごはんを食べに行った。

15

だけど、ボクがスゴイ音をたてて食べていたらしくて、すぐにパパがおきてきた。午前3時にコーンフレークを食べるやつがいるかって、どなられちゃったよ。

　いきなりそういわれて、ボクはわけがわからなくて、1分くらいポカンとしていた。

　それからやっと、兄ちゃんにだまされたって気がついて、兄ちゃんをおこるべきだってパパにいったんだ。

　それをきいたパパは、地下にある兄ちゃんの部屋にいそいでおりていったんで、ボクもくっついていった。兄ちゃんがしかられるところなんて、見のがせないからね。

ところが、その兄ちゃんは、なにごともなかったようにねていた。だから今でもパパは、きっとボクがねぼけてやっていたんだと、思いこんでいるにちがいない。

## 金曜日

　きょうは、学校で読書。読書の時間に読む本は、グループごとにきめられている。

　優秀な子のグループかふつうのグループか、はっきりとはいわれないけど、もらった本の表紙ですぐわかる。

ボクは優秀グループにいれられて、がっかりした。だって、よけいに勉強しなきゃならないもん。

　夏休み前のグループわけテストのとき、まちがいなくふつうグループにはいれるように努力したのにさ。

　じつは、うちのママって校長先生とすごくなかよしなんだ。だから、ママがきっとウラで手をまわして、ボクを優秀グループにいれたにちがいない。

　ママは、ホントはボクの頭はいいんだっていうけど、どうしてそういうことになるのか、ボクにはわからないよ。

それはともかく、兄ちゃんから学んだことがひとつだけある。それは、ふだんはあまり、なにもしないほうがいいってこと。そうしてると、たまーに小さなことをしただけで、人から感心してもらえるんだ。

ふつうグループにはいろうとたくらんだけど、やっぱり、しっぱいにおわってよかったと思ってる。

　この前『ピンクはブー』グループのほうをちょっとのぞいてみたら、本をさかさまにして読もうとしている子がいた。その子ふざけてたんじゃなくてマジだったんだよ。

## 土曜日

　やっと新学期さいしょの週がおわったんで、きょうはおそくまでねてた。

　土曜の朝、ボクの知ってる子はたいていアニメが見たくて早おきするけど、ボクだけはちがう。週末は、口のなかのネバネバにたえられなくなるまで、思うぞんぶんねることにしてる。

ところがパパは、何曜日だろうとかんけいなく6時おきなんだ。ボクはふつうの人間だから、土曜のお休みを楽しもうとしてるのにさ。パパったら、ぜんぜんわかってない。

　きょうはそのあと、やたらヒマだったからロウリーの家にあそびに行った。

　今のところロウリーは、ボクの親友ってことになってるけど、この先も親友でいるかどうか、わからない。

　ボクは、登校さいしょの日に、ロウリーがうざいことをしたんで、それいらい、自分からそばにいかないようにしている。

その日の授業(じゅぎょう)がおわって、みんなとロッカーからにもつをだしてたら、ロウリーがきてボクにいったんだ。

　もう６年生なんだからさ、「あっそぼー！」じゃなくて「家にこいよ」とかいえばいいのに……。少なくとも10億回(おくかい)は、おしえたはずだ。ロウリーは、ボクが何度(なんど)も頭をぐりぐりしておしえたって、かならずわすれちゃうんだ。

　ボクは、６年生になってから、イメージアップを心がけてる。なのにロウリーといっしょだと、その努力(どりょく)もだいなしになるんだ。

22

ロウリーは、何年か前にこのへんに引っこしてきて、それでボクと友だちになった。

　そのころのロウリーときたら、『新しい学校でのお友だちのつくり方』って本をママに買ってもらったばかりで、ボクの家にくるたび、本にでているダサイおやじギャグをれんぱつしてた。

　なんだかやたらとロウリーが気になってさ、ボクがめんどうみてやろうなんて思っちゃったんだ。たしかに、ロウリーがそばにいると、けっこうおもしろい。だって、ボクが兄ちゃんにされたことを、そのままロウリーあいてに、実験できるんだもん。

## 月曜日

　この前、あの手この手でロウリーをからかってるって書いたよね？　じつは、ボクにはマニーっていう弟がいるんだけど、コイツだけはロウリーみたいにからかうなんて、ぜったいにできない。

　パパとママが、まるで王子さまみたいにマニーをまもってるんだもん。だからマニーは、どんなに悪いことをしても、しかられたことがない。

　きのうなんか、マニーはボクの部屋のドアに油性ペンで自分の顔をかいたんだよ。こんどこそパパとママは、マニーをしかると思ったのに、ボクの予想はかんぜんにはずれた。いつもとおなじで、おこられなかった。

いちばんムカつくのは、マニーがつかうボクのよび名だ。マニーは赤ちゃんのころ、「お兄ちゃん」ってうまくいえなくて、ボクを「にいパイ」ってよびはじめたんだ。で、今もそのままボクを「にいパイ」ってよんでやがる。やめさせてってパパとママに何度もたのんでるのに、そのままだ。

　だけど、ありがたいことに、ボクの友だちはまだだれも知らない。ただ、もうちょいでばれそうになったことがある。

ママにたのまれて、ボクは毎朝マニーが保育園へ行くしたくをしてやっている。ボクが朝ごはんのコーンフレークをだしてやると、マニーはそれをテレビの前にもっていって、赤ちゃん用のおまるにすわるんだ。

で、保育園に行く時間になると、マニーは立ちあがって、食べのこしをぜんぶおまるの中にすてちゃうんだ。

ママは、いつもボクが朝ごはんをのこすとおこるんだよ。でも、毎日おまるのそこにひっついたコーンフレークをゴシゴシあらっていたら、きっとママだって食よくなくなっちゃうんじゃないかな。

## 火曜日

　前にも書いたかもしれないけど、ボクはテレビゲームがチョーうまいんだ！　同級生のだれと対戦したって、ぜったいに勝てる自信がある。

　ざんねんなのは、パパがこんなボクの才能に理解をしめさないことだ。いつも外にでて体をうごかせってうるさいんだ。

　きょうだって食事のあと、部屋にこもってないで外であそべって、パパがもんくをいいだした。だから、テレビゲームでも野球とかサッカーとかのスポーツができるし、むちゅうになれるし、あせをかいたりしないですむって、いろいろ説明してみたんだ。

　だけど、パパはいつもとかわらなかった。ぜんぜんボクのいいたいことをわかってくれなかったんだ。

パパはけっこう頭のいい人なんだけど、常識があるかどうかは、ときどき疑問に思うよ。

　パパはやり方さえわかれば、ぜったいボクのゲーム機をとりはずしちゃうだろう。でも、このゲーム機、そんな親には負けない、ふくざつなつくりになっていたからたすかったよ。

ぼくは、しょっちゅうパパに外で体をうごかしてこいって、おいだされるんだけど、そういうときはゲームをもってロウリーの家へ行くことにしてる。

　ただ、ロウリーの家でできるゲームは、カーレースぐらいなんだ。

　原因(げんいん)は、ロウリーのパパが、ボクのもってきたゲームがどんなゲームか、いちいちインターネットでチェックするからだ。そして、「戦(たたか)い」とか「暴力(ぼうりょく)」とかの説明(せつめい)があるゲームは、いっさいやらせてもらえない。

　もうロウリーとF１(エフワン)ゲームをやるのは、あきあきしちゃったよ。ロウリーは、ボクみたいに本格的(ほんかくてき)なゲーマーじゃないからね。ロウリーに勝(か)つには、わらっちゃうようなへんな名前を自分の車につけるだけでいいんだ。

ボクの車がおいこすとき、ロウリーはわらいころげて、ゲームどころじゃなくなっちゃうんだもん。

　ということで、きょうもボクはロウリーをめちゃめちゃ負かして帰った。そして、家にはいる前に、となりの家の庭のスプリンクラーの下を何度も走りぬけた。こうすればあせだくに見えて、パパをうまくだませるってわけ。

31

だけど、この小細工(こざいく)のせいでソンもしたな。だって、ママがボクを見るなりいったんだよ。
「とっとと、シャワーをあびてきなさい」ってさ！

## 水曜日

　パパは、きのうボクを外へあそびにだすことができて、そうとうまんぞくしたみたいだ。だって、きょうもまたボクを外においだしたもん。

　それにしても、ゲームをしたくなるたびにロウリーんちへ行かなきゃならないってのは、ホントにメンドウだ。おまけにロウリーの家へ行くとちゅうに、フレグリーっていうへんなやつの家がある。そいつは、いつも家の前でぶらぶらしてるから、さけてとおるのは、かなりむずかしい。

フレグリーとは体育のクラスがいっしょなんだけど、いつもわけのわからないフレグリー語を話してる。たとえば、トイレに行きたいときは……

　ボクたちは、なにいってるのかだいたいわかるんだけど、先生たちは、ぜんぜんわかってないと思う。

　まあ、とにかく、きょうは兄ちゃんがバンドの練習でうちの地下室をつかうから、ロウリーのところに行ったほうがよさそうだ。

兄ちゃんのバンドは、マジでひどい。家でリハーサルするときは、ぜったいにげださなきゃならない。

　バンド名は"LOADED DIAPER"っていうんだ。でも、兄ちゃんのバンド用の車に書いてあるバンド名の英語は、まちがっている。わざとまちがえておもしろくしたつもりだと思った？　あまい、あまい。もしボクが正しいスペルをおしえたら、兄ちゃんは、きっとはじめて知ったっていうはずだ。

　パパは、兄ちゃんのバンドにはんたいだったんだけど、ママは、大さんせいだった。

　そしてなにをかくそう、ママが、兄ちゃんにはじめてのドラムを買ってあげたんだ。

ママは、たぶん、自分の子ども全員に楽器をならわせて、テレビにでてくる音楽一家みたいになるゆめでも見てたんだろうな。

　パパはヘビメタが大きらいなんだ。ヘビメタってやたらうるさくて、さけび声やざつおんみたいなのがいっぱいのロックのこと。兄ちゃんがやっているのは、そういうのだからね。ママは兄ちゃんがなにをえんそうしようと、なにをきこうと、音楽だからいいって思ってる。ママにとっては、なんでも音楽なんだ。さっきも兄ちゃんがリビングのステレオでCDをきいてたら、ママがその近くでおどりだした。

これには、兄ちゃんもあきれたみたいだ。兄ちゃんは、すごいいきおいで家をとびだして、15分後にヘッドホンを買ってもどってきた。これで一件落着だ。

## 木曜日

　きのう、兄ちゃんは新しいヘビメタのCDを買ってきた。じつはそのCD、「児童には不向き」というシールがはってあるCDなんだ。

　子どもがきいちゃいけないCDなんて、ボクはきいたことがない。パパもママも、そんなの買ってくれるわけないからね。どうしてもききたければ、兄ちゃんのCDをこっそり家からもちだして、外できくしかないだろう。

　けさ、兄ちゃんがでかけたあと、ボクはロウリーに電話して、CDプレーヤーを学校にもってこいよってたのんだ。

それから、兄ちゃんの部屋にはいって、たなから例の
ＣＤをだまってぬきとった。

　ＣＤプレーヤーは、学校にもっていくのはダメなんだ。
だから、休み時間に、外でこっそりきこうとした。やっ
と昼休みになって、ボクとロウリーは校舎のうらにま
わって、兄ちゃんのＣＤをプレーヤーにいれてみた。

　なのに、ロウリーのヤツ！　プレーヤーに電池をいれ
わすれているじゃないか。これじゃ、なにもきけない
よ！

　でも、そのとき、ヘッドホンをつかったおもしろいあ
そびを思いついちゃったんだ。頭につけたヘッドホンを、
手をつかわずに、体をゆらすだけでふりおとすゲームだ。

このゲームは、早くヘッドホンをおとしたほうが勝ちになる。

　ボクは7秒半でおとせた。なんだかいっしょに虫歯のつめものまで、ゆるゆるになっちゃったような気がするよ。

　ちょうどそのとき、たまたまクレイグ先生がやってきた。もちろんボクらは、その場でつかまった。ＣＤプレーヤーはとりあげだし、お説教までされちゃったよ。

でも、先生は、ボクたちがしていたことを、かんちがいしてたと思う。だって、ロックがいかに邪悪で、脳の発達に悪いか、やたらしつこくいいはじめたからね。

　CDプレーヤーに電池がはいってないっていおうと思ったけど、先生はどうせきく耳をもたないだろうから、やめといた。話がおわるまでがまんして、「ごめんなさい」っていえばいいだけだからね。

　ところが、やっと先生の説教がおわるってときに、ロウリーが泣きだした。「ロックに脳をやられた〜！」って、泣きわめいたんだよ。

まったく、こいつって、ナンなんだよ〜？

## 金曜日

　ついに決行した。

　きのうの夜、みんながねしずまってから、兄ちゃんのCDをこっそりきこうとしたんだ。

　兄ちゃんの新しいヘッドホンをつけて、音を最大にして「プレイ」ボタンをおした。

　なんで「児童には不向き」なのか、すぐにわかった。

　そして、さいしょの曲を３０秒もきかないうちに歌がとまっちゃった。

ヘッドホンが、ちゃんと接続できてなかったんだ。つまり、ボクはヘッドホンじゃなくてスピーカーから、ガンガン鳴らしちゃっていたわけ。

パパはボクを寝室へつれもどし、ドアをしめて、こういった――。

パパがボクを「親友」ってよぶときは、もうおそい。なにか、おこっているんだ。ずっと前に、はじめて「親友」ってよばれたときは、まさかイヤミだとは思わなかった。それで、さいしょはしかられないと思って、ホッとしてたんだよ。

　もう、にどとそんなかんちがいするもんか。

　パパはボクを１０分間ぶっとおしでどなりつけた。それからやっと、下着すがたで立ったままおこってるより、ねたほうがいいと思ったみたいで、ボクに２週間のゲーム禁止をいいわたした。ボクの予想どおりだ。でも、それぐらいですんだんだから、よかったと思わなきゃ。

　あと、パパのいいところは、おこっても、すぐにおさまって、それでおしまいになることだ。

パパの前で悪いことをすると、たいていパパがそのとき手にしているものがボクにとんでくる。

ところが、ママのしかり方ときたら、パパとは正反対だ。悪いことをしてママにとっつかまったとする。そうするとママは、ボクへのバツを、何日もかけてじっくり考えるんだ。

だから、ボクは、ママがバツをきめるまで、できるだけいいことをして、ママのきげんをとろうとがんばってみるんだ。

　それでも、何日（なんにち）もたって、ボクがすっかりわすれたころに、ママはバツをいいわたす。

## 月曜日

　ゲーム禁止なんてかるいと思ったけど、これがボクにはけっこうきつかった。でも、ママにおこられたのが、ボクだけじゃないってわかって、ちょっとすくいだった。

　兄ちゃんも、ママとめんどうなことになっていた。マニーがかってに兄ちゃんのヘビメタのざっしをもちだしたんだけど、その中に、ビキニのきれいな女の人が車の上でねそべってる写真があったんだ。マニーったら、その写真を、よりによって保育園でみんなに見せちゃったんだよ。

　保育園から、もんくの電話がかかってきて、ママはきげんが悪そうだった。

　ボクもそのざっしを見たけど、正直いって、さわぐほどのものじゃない。それでもこの手のものが家にあるってのが、ママにはゆるせなかったらしい。

ママは兄ちゃんへのバツとして、しつもんリストをつくって兄ちゃんに答えを書かせた。

このざっしを買って、人間として成長しましたか？

**いいえ。**

このざっしのおかげで、学校の人気者になりましたか？

**いいえ。**

こんなものをもっていたことについて、今どう思いますか？

**なさけない。**

女性にしつれいなざっしをもっていたことについて、世の中の女性にいうことはありますか？

**女性のみなさん、ごめんなさい！**

## 水曜日

　ボクは、まだテレビゲームを禁止されている。それをいいことに、マニーがボクのゲーム機をつかってる。ママがマニーのために学習ソフトをいっぱい買いこんできたんだ。でも、マニーがやってるのを見ているのは、バツゲームみたいで、がまんするのがつらい。

　でもさ、いいことを思いついたんだ。ロウリーのパパの目をごまかしてボクのゲームをもちこむ方法さ。ボクのゲームソフトを、マニーの「アルファベットをおぼえよう」のケースにいれかえればいいんだ。

## 木曜日

　きょう、生徒会の役員選挙のよていが発表された。正直いって、生徒会なんて、ぜんぜんきょうみをもったことがない。でも、思いついたんだ。会計になったら、学校でのボクの立場がカンペキにかわるはずだってね。

さらに、もっとおもしろいのは……

　会計になりたいやつなんて、だれいもいないと思う。みんながなりたいのは、会長とか副会長とか、めだつ役だよ。だから、ボクはあした、立候補することにきめた。会計だったら、きっとかんたんになれるさ。

## 金曜日

　きょう、会計の立候補とどけをだしてきた。がっかりだよ、マーティー・ポーターも会計に立候補しやがったんだ。あいつは、やたら算数のできるやつなんだ。どうやら、思ったほどかんたんにいかないかもしれない。

生徒会の選挙にでるってパパにいったら、すごくよろこんでくれた。なんかパパもボクくらいのときに、生徒会選挙にでて当選したんだって。

　パパは、地下室の古い箱の中からむかしの選挙ポスターを見つけて、もってきた。

```
┌─────────────────────────┐
│                         │
│      君の一票！          │
│      まじめな           │
│      ボクに！           │
│                         │
│      ［顔のイラスト］    │
│                         │
│      生徒会選挙          │
│                         │
│      書記には           │
│   フランク・ヘフリーを！  │
│                         │
└─────────────────────────┘
```

　ポスターは、選挙運動に重要だ。だから、パパに車で文ぼうぐ店につれていってもらった。ボクは、あつ紙やマジックをいっぱい買って、その夜、ずっとポスターをつくっていた。このポスターで、すこしでも票が多くはいるといいなと思って。

50

## 月曜日

　きょうは、学校へポスターをもっていった。けっこういいのができたと思う。

学校について、すぐにポスターをかべにはりまくった。でも、かべにはられていたのは、たった3分だけだった。ロイ教頭先生に、しかられちゃったんだ。

　教頭先生はボクに、ほかの候補者についてアルコト、ナイコト書きたてるなっていった。だからボクは、マーティーのシラミはホントで、学校が休みになったんだって、ちゃんと説明した。

　なのに、先生はポスターをみんなはがしちゃったんだ。それにひきかえ、マーティー・ポーターったら、票がほしくて、ぺろぺろキャンディーをくばりまくってたんだよ。ボクのポスターはロイ先生のゴミ箱の中なのに。これでボクの会計への道はカンペキにとざされた。

# 10月

**月曜日**

　やっと10月になった。ハロウィーンまであと30日だ。ボクはハロウィーンが、だ〜いすき！　キャンディーをもらいに行くのは、小さい子だけってママはいうけど、そんなのかんけいない。

　パパもハロウィーンが大すきなんだけど、そのわけはボクとちがう。ふつうの親ならキャンディーを用意して子どもをまつでしょ。うちのパパときたら、大きなバケツを水で満タンにして、植えこみのかげにかくれているんだ。

　そこに、中学生や高校生がやってきたらとびだして、バケツの水をぶっかける。

53

パパは、ハロウィーンがなにをする日なのかっていうことがわかっているのか、わからない。でもボクはパパの楽しみをうばうつもりはない。

　きょうから、兄ちゃんがかよっているクロスランド高校のおばけ屋敷がはじまる。ママがロウリーとボクをつれていってくれることになった。

　ロウリーが去年のハロウィーンの衣装をきてボクの家にやってきた。ボクはふつうの服でこいって電話してやったのにさ。話をちゃんときいていなかったな。

でもボクは、できるだけ気にしないことにきめた。だって、やっとおばけ屋敷に行っていいことになったんだから。ロウリーのせいで、それをだいなしにするなんて、ぜったいにイヤだ。兄ちゃんからいろいろきいていて、ずっと楽しみにしていたんだ。

　でも、入り口のところにきたら、やっぱり、はいるのやめようかなってあとずさりしちゃった。

　だけどママは、とっとと、とおりぬけておわらせたかったみたいで、ボクたちにとまらないで進みなさいっておしてきた。おばけ屋敷の門をくぐったら、すごくこわいのが、つぎからつぎへととびだしてきた。ドラキュラや、首なし人間とか、めちゃくちゃこわいのばっかりだった。

いちばんこわかったのは、ノコギリ通りってところだ。ホッケーマスクをかぶった巨人が、ノコギリをもってまちかまえていた。兄ちゃんは、おもちゃのノコギリだっておしえてくれてたけど、そんなのホントかわからなかった。

　もうちょっとで、ノコギリ男につかまるってところで、ママが巨人をとめて、たすけてくれた。

ママはノコギリ男に、ボクたちを出口まであんないさ
せた。それで、ボクのおばけ屋敷たんけんはおしまい。
ママにたすけてもらったなんて、ちょっぴりはずかし
かったけど、今回だけは、これでよかった。

## 土曜日

　それにしても、あの高校のおばけ屋敷はもうかっただ
ろうな。入場料がひとり５ドルもするのに、学校のまわ
りの半分くらいをかこむ、長い行列になっていたんだよ。

　ボクも自分のおばけ屋敷をつくることにした。ただ、
この計画にはロウリーを引きずりこまないとだめだ。
だって、うちの１かいをまるごとおばけ屋敷にするなん
て、ママがゆるしてくれるわけないもん。

　ロウリーのパパもよろこんではくれないんだろうけど、
ロウリーんちの地下室をつかっちゃえばいい。もちろん、
ロウリーのパパとママには、ないしょでね。

　ボクとロウリーは、まる１日かけて恐怖のおばけ屋敷
を考えた。

ほら、これがボクたちのおばけ屋敷だ！

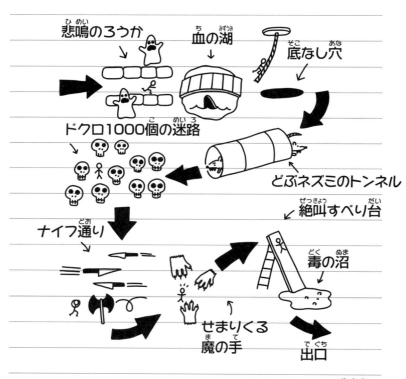

じまんじゃないけど、ボクたちが考えたおばけ屋敷って、クロスランド高校のより、かなりイケてるはずだ。

どんどんせんでんしてみんなに知ってもらいたいから、ポスターをたくさんつくることにした。

たしかに、このポスターはちょっと大げさだってみとめるけど、たくさんの人にきてもらいたかったからこうしたんだ。

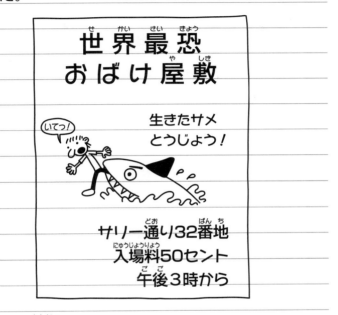

　ところが近所にポスターをはりまわって、ロウリーんちの地下にもどったら、もう2時半だった。なのにボクたちは、まだひとつも準備できていなかった。

　それでさいしょの計画から、しかけをすこしけずることにした。

３時近くになって、だれかきてるかなと思って外をのぞいてみた。思ったとおり、近所の子が20人ぐらい地下室の入り口前にならんでた。

　まあ、たしかに、ポスターには入場料50セントって書いたよ。だけど、これはまちがいなくボロもうけのビッグ・チャンスだ！

　だから、ならんでる子に、50セントってのはパソコンのうちまちがいで、ホントは２ドルだっていったんだ。

　さいしょに２ドルをとりだしたのはシェーン・スネラだった。はらってくれたから、屋敷の中に入れてやった。それでボクとロウリーは「悲鳴のろうか」でおどかす位置についた。

「悲鳴のろうか」っていうのは、かんたんにいえばベッドの両はしにボクとロウリーがいるだけのこと。

でも「悲鳴のろうか」がちょっとこわすぎたみたいで、シェーンはベッドの下のまんなかで、おびえてまるくなったままうごかなくなった。なんとか、はいださせようとしたけど、ぜんぜんダメだった。

このままシェーンが「悲鳴のろうか」をくぐりぬけてくれなかったら、もうけ話はオジャンになるからね。なんとしても、ぬけだしてもらわなきゃいけなかった。

しばらくして、地下室にロウリーのパパがおりてきた。おじさんのすがたが見えたときは、ほっとした。シェーンをベッドの下から引っぱりだしてくれると、思ったんだ。そうすれば、おばけ屋敷をつづけられるからね。

なのに、ロウリーのパパったら、協力しようなんて気がまったくなかった。

　おじさんは、ボクたちに、なにをしていたのか、そして、なんでシェーンがベッドの下でまるまっているのかって、きつい声できいてきた。

　ボクたちは、地下室をおばけ屋敷にしたことを説明した。シェーンはおどかしてほしくて、ボクたちに入場料をはらったんだっていったのに、おじさんはぜんぜん信じてくれなかった。

　たしかに、どこを見ても、おばけ屋敷には見えなかったと思う。ボクたちが用意したものといえば、「悲鳴のろうか」と「血の湖」だけだったからね。「血の湖」っていうのも、ロウリーが赤ちゃんのときにつかってたビニールプールに、トマトケチャップをビンの半分くらいいれただけだから。

ホントにおばけ屋敷なんだっていうしょうこに、もとのおばけ屋敷プランを見せたんだけど、おじさんは、ぜんぜんわかってくれなかった。

　早い話、ボクたちのおばけ屋敷はそれでおわった。

　でも、いいこともあった。おじさんが信じてくれなかったおかげで、シェーンにお金をかえさないですんだんだ。たった2ドルだけだったけど、もうかったよ。

## 日曜日

　ロウリーは、きのうのおばけ屋敷のせいで、しばらく外出禁止になった。そのうえ、テレビも1週間禁止。さらに、そのあいだボクを家によぶのもダメになったんだって。

　ボクまでひがいをうけるなんて、それはちょっとひどい。ボクはなにも悪いことしてないのにさ。それに、そのあいだボクは、どこでテレビゲームをやったらいいんだよ？

　でも、ロウリーに悪いような気がしたんで、今夜はうめあわせをしてあげた。ロウリーがいっしょに楽しめるように、ロウリーの大すきなテレビ番組を電話で実況中継してあげたんだ。

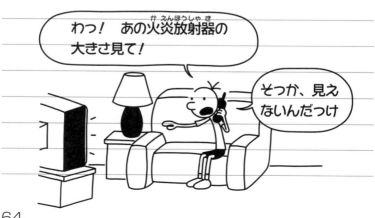

なんとか番組のないようをつたえようと、ボクなりにがんばったんだけど、正直いって、ロウリーにその迫力をつたえられたか、わかんないなあ。

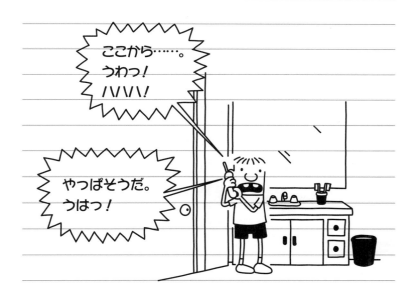

## 火曜日

　そうそう、やっとロウリーに外出のゆるしがでた。ハロウィーンに、まにあってよかったよ。ボクは、ロウリーんちに衣装を見にいったんだけど、マジでちょっとうらやましかった。

　ロウリーはママに、中世の騎士の衣装を買ってもらったんだ。去年のなんかより、ずーっとイケてる！

かぶとに、たてに、本物っぽい剣とか、なにからなにまでそろってた。

ボクは、お店で売ってる衣装を買ってもらったことなんていちどもない。あしたのハロウィーンの夜になにをきるかだって、まだきまっていないんだ。たぶん、ぎりぎりになって、テキトーな衣装でごまかしちゃうだろう。そうだ、またトイレットペーパーでミイラになればいいかも。

でも、どうもあしたの夜は雨らしい。トイレットペーパーは、あんまりかしこいせんたくじゃないかも。

じつをいうと、ここ2、3年、うちの近所のおとなたちは、ボクのおそまつな衣装にムッとしているみたいで、ボクのもらうキャンディーの量に影響がではじめている気がする。

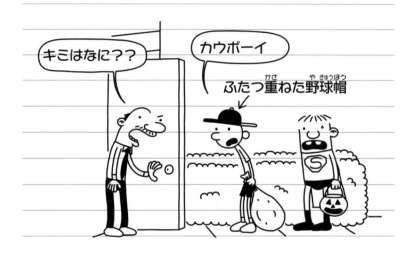

でも、はっきりいって、衣装を考えてるよゆうはない。だって、ぼくはあしたの夜、ロウリーとキャンディーをもらうための、サイコーの道順を計画しなきゃならないんだから。

今回、ボクが考えたコースで行けば、すくなくとも去年の倍はもらえるはずだ。

## ハロウィーンの日

　でかける1時間前になっても、まだ衣装の準備ができていなかった。こうなったら2年つづけてカウボーイになるしかないな、と本気で考えはじめたときのことだ。

　ママがボクの部屋にやってきて海賊の衣装をくれたんだ。眼帯とかフックとか、なにからなにまでそろってるセットだった！

　6時半ごろ、ロウリーが騎士の衣装でやってきた。でも、きのう見たのとは、どこからどう見てもまったくちがうかっこうだった。

　ロウリーのママが、あぶなくないようにって、いろいろ改造しちゃったんだって。これじゃあ、なんのかっこうだか、だれもわからないだろう。

ロウリーのママは、前がちゃんと見えないと危険だからって、かぶとの顔にかぶさっていた部分をぜんぶ切りとって、あちこちに交通安全のはんしゃテープをはっちゃったんだ。さらに衣装の下に冬のコートをむりやりきせて、剣のかわりに蛍光棒をもたせたんだ。

　ボクはおかしをいれるまくらカバーをつかんで、出発しようとした。でも、外にでる直前、ママがボクたちをよびとめた。

しまった！　どうしてママがボクに衣装をくれたとき、ウラがあるって気がつかなかったんだ。

　ママには、どうしてもマニーをつれていけないって説明した。だって、3時間で152けんの家をまわる予定だったからね。それに、こわいこわいヘビ通りにも行くんだよ。その道は、マニーみたいな小さい子には危険すぎるもん。

　後悔してもおそいけど、ヘビ通りのことをいわなきゃよかった。ママったらパパに、ボクたちが家の近くからはなれないように、いっしょについていってっていったんだ。パパはいやがったけど、ママはいったんこうときめたら、ぜったいに引きさがらない。

まだ、道路にもでないうちに、となりのミッチェルさんとジェレミーにでくわした。もちろん、ふたりともボクたちにくっついてきた。

　マニーとジェレミーは、こわいかざりつけのある家には近づこうともしなかったから、うちのまわりの家はほとんどまわれなかった。

　そのうちパパとミッチェルさんは、フットボールのことをしゃべりだした。どっちかが話にむちゅうになるたび、ふたりとも立ちどまっちゃうんだ。

　おかげで、すごいスローペースになっちゃって、20分に1けんのスピードでしかまわれなかった。

2時間後、やっとパパとミッチェルさんは、マニーとジェレミーをつれて帰ってくれた。

　これでロウリーとふたりだけでまわれる！　ボクのまくらカバーは、ほとんどからっぽで、なんとかしてばんかいしなきゃって思った。

　なのに、ロウリーったらさ、すぐにトイレに行きたいっていいだしたんだ。そのあと、むりやり45分間(ふんかん)もがまんさせたんだけど、ボクのおばあちゃんちについたときは、もうがまんもげんかいだったみたい。あのときトイレに行かせなかったら、たいへんなことになっていただろう。

　でも、ボクはロウリーをせかし、1分いないにトイレからもどってこなきゃ、きみのキャンディーを食べちゃうぞっておどかしちゃった。

そのあと、また歩きだしたけど、もう10時半になっていた。そろそろどこの家でもハロウィーンをおしまいにしちゃう時間だった。

　それは見ればわかる。パジャマすがたでまどから、にらんでくるんだもん。

　それで、ボクたちも帰ることにした。パパとマニーがいなくなってから、すごいいきおいでまわったから、いっぱいキャンディーをもらえて、ボクたちは大まんぞくだった。

　ところが帰り道のことだ。高校生がのっている小型トラックが、やたらうるさい音をたてて走ってきた。

にだいにのってるやつが消火器をかまえてて、ボクたちのすぐそばをとおるときにふんしゃしてきた。

　ホント、ロウリーがいてくれてたすかったよ。ふんしゃされた泡の95％は、ロウリーの騎士のたてがふせいでくれたんだ。そうじゃなかったら、ボクたちのキャンディーは、ずぶぬれでぜんめつだっただろう。

　ボクはトラックがとおりすぎるとき、大声であることをさけんじゃったんだ。でも、その2秒後には、すごく後悔したよ。

そしたら、高校生のトラックが急ブレーキをかけて、こっちにもどってきたんだ。ボクとロウリーは大あわてでにげたけど、高校生のやつらは、どんどんせまってきた。

　ぱっと思いつくにげ場所といったら、おばあちゃんちだけだった。だから、人の家の庭をつっきって、おばあちゃんちににげこんだ。おばあちゃんは、もうねてたんだけどボクは、げんかん前のマットの下にカギがあるって知ってるんだ。家ににげこんで、高校生が外にいるかどうかまどからのぞいてみた。思ったとおり、まだしっかりまちかまえていた。なんとかだまして帰らせようとしたけど、あいつらは、ぜんぜんうごこうとしなかった。

しばらくして、ボクは気がついた。高校生のやつらは、ボクたちが外にでるまでずっとまってるつもりなんだってね。それで、ボクたちはその日おばあちゃんちにとまることにきめた。だから、ちょっとちょうしにのって、高校生のやつらをサルの鳴き声でからかっちゃった。

　まあ、すくなくともボクのはサルの鳴き声だった。ロウリーのは、なんだかフクロウの鳴き声みたいだったけど、どっちにしろ楽しかったよ。

　それからボクは、おばあちゃんちにとまるってママに電話した。そしたら、ママにすごくおこられた。

　つぎの日、学校があるんだから、すぐ家に帰ってきなさいって、どなられたんだ。それでボクとロウリーは、なんとかしてここから脱出することになった。

まどの外をのぞくと、トラックはいなくなっていた。でも、きっとどこかにかくれてて、ボクたちをおびきよせようとしているにきまってる。

　それで、ボクとロウリーはうら口からこっそりでて、垣根をとびこえ、ヘビ通りまでものすごいいきおいでダッシュした。ヘビ通りなら外灯がないから見つかりにくいと思ったんだ。

　トラックの高校生たちにおいかけられてなかったとしても、ヘビ通りってのは、こわくてイヤなところだ。ボクたちは、車がくるたびにしげみのなかにかくれたんで、たった100メートル進むのに30分もかかっちゃった。

信じてくれなくてもいいけどさ、ボクたちは、高校生につかまらずににげきったんだ。ボクんちの庭に、はいるまでふたりとも気が気じゃなかった。

ところが、ちょうどほっとしたときだ！　ものすごいさけび声がして、海の大波みたいな水がおそってきた。

ああ、しまった！　パパのことをすっかりわすれてた。さいごのさいごでこれだ。

　ボクとロウリーは家のなかで、ぐしゃぐしゃになったキャンディーをテーブルにならべた。

　ぶじだったのは、セロハンにつつまれたミントキャンディーふたつと、歯医者のガリソン先生がくれた歯ブラシだけだった。

　来年のハロウィーンは、家にいて、ママが冷蔵庫の上においているボトルからチョコレートをもらうことにきめた。

# 11月

**木曜日**

　けさ、スクールバスから見えたんだけど、きのうの夜のうちに、おばあちゃんちがトイレットペーパーでぐるぐるまきにされていた。まあ、予想できたしかえしだね。

　たしかに、おばあちゃんには悪かったと思う。そうじには、けっこう時間がかかりそうだ。でも、ものごとは前向きに考えようよ。おばあちゃんは、もうはたらいていないから、どうせきょうもヒマだったはずさ。

**水曜日**

　3時間目は体育だった。アンダーウッド先生が、これから6週間、男子全員でレスリングをするといった。

うちの学校の男子がむちゅうになっていることといえば、そりゃあ、なんといってもプロレスだ。だから、先生のひとことはまるでばくだんに火をつけたようなもんだった。

体育のすぐあとは昼食の時間なんだけど、食堂はかんぺきにプロレスのリングになっちゃった。

レスリングを授業でやるなんて、いったい学校はなにを考えているんだろ？

とは、いっても、これからの1か月半、だれかに体をねじまげられちゃたまらない。ボクは、レスリングの予習をバッチリすることにした。

まずは、テレビゲームでわざをおぼえようとした。そのおかげでボクは、けっこううまくなった。

学校の男子諸君！　ボクには、気をつけたほうがいい。このままいくと、ボクはおそろしいほど強くなる。

だけどさ、あんまりうますぎてもダメなんだ。体育でバスケットボールをやったとき、プレストン・マンがいちばんうまくて最優秀選手にえらばれた。大きな写真がろうかにはりだされて、かっこよかったんだ。

でも、「ピー・マン」って声にだすと、やさいの「ピーマン」とおなじにきこえちゃうんだ。みんなポスターを見て5秒後に気がついて、あっというまにこのポスターは学校中のわらいのタネになった。

## 木曜日

　きょう、はじめて知ったんだけど、アンダーウッド先生のレスリングっていうのは、テレビでやってるプロレスと、まるっきりちがってた！

　まず、全員(ぜんいん)「シングレット」っていうユニフォームをきなくちゃいけない。まるでボクのおじいちゃんの、そのまたおじいちゃんの時代にきていた水着(みずぎ)みたいなかっこうだ。

　そして、脳天(のうてん)おとしも、いすとかであいての頭をたたくのも、禁止(きんし)なんだってさ。

　もっとひどいのは、ロープがはってあるリングがないことだ。ボクたちがつかうのは、長いあいだのあせがしみこんでるのにいちどもせんたくしてない、ただのくさ〜いマット！

アンダーウッド先生が、ホールドのやり方を見せたいから、だれかあいてになってくれ、といった。もちろんボクが手をあげるはずがない。

　ボクとロウリーは、体育館のうしろのほうにあるカーテンにかくれようとしたんだけど、そこはちょうど女子が体育の授業をしているそばだった。

　ボクたちは、あわててもと通り男子のいるところにもどった。

　でも、なんてことだ！　アンダーウッド先生は、このボクを指名してきた。ボクならクラスでいちばん体重がかるいから、ラクになげとばせると思ったにちがいない。先生はボクをつかって、「ハーフネルソン」とか「リバーサル」とか「テイクダウン」とか、いろんなわざをひろうした。

先生が「ひこうき投げ」をはじめたとき、なんだか下のほうがスースーしてきた。あの水着みたいなシングレットは、すぐだいじなところが見えちゃうって、よくわかったよ。

　とにかく、女子が体育館のむこうがわにいてくれて、たすかった。

　それから先生は、男子全員を体重別にわけた。そのときボクは、ほっとしたよ。だって、おかげで、ベニー・ウェルズみたいに、100キロのバーベルをもちあげられるやつを、あいてにしないですむんだもん。

だけど、そのあと、ボクがだれとくむかわかったときは、ベニー・ウェルズにかえてほしかったよ。

　ボクとおなじくらい体重のかるい生徒は、フレグリーしかいないんだ。どうやらフレグリーは、しっかり先生の説明をきいていたみたいで、あの手この手でボクをねじふせた。これで7時間目は、フレグリーのやつと、いやというほどつきあうはめになっちゃったよ。

## 火曜日

　レスリングの授業は学校中をはちゃめちゃにした。ろうかでも教室でも、とにかくあちこちで、みんながレスリングだ。とくに昼食後の15分休みは、校庭にでられるからいちばんもりあがるんだ。

　たった1メートル歩こうとしても、かならずだれかのとっくみあいに足どめをくらっちゃうほどだ。ボクは、できるだけ近づかないようにしている。きっとそのうちドジなやつが、例のチーズの上にころがって、「チーズえんがちょ」がふっかつするにきまってる。

それにボクには、もうひとつ、フレグリーとのレスリングからのがれられないという大問題があった。でも、けさになってやっと気づいたんだ。フレグリーより上の体重グループにうつれたら、あいつとレスリングをしないですむってね。

　だから、きょうは、くつ下とかシャツとか、いろんな服をシングレットのなかにつめこんでみた。

　でも、ボクはまだかるすぎたみたいだ。

　これはもう、本格的に体重をふやさなきゃダメなんだ。それで、まず脂肪分たっぷりのスナック菓子でも食べようと思ったんだけど、もっといいアイディアがうかんだ。

89

脂肪じゃなくて、筋肉で体重をふやせばいいんだ！

今までかっこいい体になろうなんて思ったことなかったけど、レスリングのせいですっかり考えがかわった。

今のうちに筋肉をふやしておけば、この先きっと役だつはずだ。

春になれば体育はフットボールになる。とくべつなユニフォームがないから、いつもシャツチームとはだかチームにわかれて試合をする。ボクは、いつも、はだかチームにいれられてる。

それって、かっこ悪い体つきのやつに、はじをかかせるためのチームわけだと思うんだ。

今のうちに筋肉をつけておけば、4月にはまったくちがう立場になっているはずだ。

そこで、きょうは夕食のあと、パパとママにボクの計画をきいてもらった。目標たっせいには、筋肉トレーニングの本格的なマシンと体重をふやすプロテインがいるって説明したんだ。

ボクは、買ってきたばかりのボディービルのざっしをひろげて、ボクがしょうらいどんなに筋肉ムキムキになれるのか、ふたりに見せた。

ママはだまってたけど、パパはすぐにのり気になった。ボクが小さいころとまったく、ぎゃくのことをいったんで、きっとうれしかったんだろう。

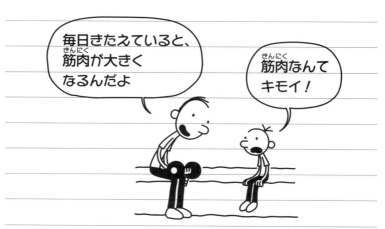

　なのにママったら、マシンがほしいなら、三日坊主にならないしょうこを見せろっていうんだ。2週間、毎日かかさず腹筋やたいそうをつづけて、やる気を証明しろだってさ。

　だからボクは説明した。筋肉をしっかりつける方法は、ただひとつ、ジムにあるようなハイテクのマシンがいるんだってね。でも、ママは、ボクの話をぜんぜんわかってくれなかった。

そしたらパパがいったんだ。いい子にしてたらクリスマスにベンチプレスがもらえるかもしれないから、がんばれよ！　だってさ。

　でも、クリスマスはまだ１か月半もさきだ。もう１回フレグリーにねじふせられたら、ボクは頭がおかしくなりそうだ。

　このぶんじゃ、ママとパパは、ぜんぜんあてになりそうもない。つまり、自分でなんとかしなくちゃ。いつものようにね。

## 土曜日
　いよいよきょうから、「筋肉ムキムキ体重増加さくせん」をはじめたんだ。ママがマシンを買ってくれなくても、ボクは、くじけなかった。

冷蔵庫から牛乳とオレンジジュースの巨大プラスチックボトルをちょうだいして、中をからっぽにして砂をいれた。それをほうきのえの両側にガムテープではりつけて、けっこうまともなバーベルをつくったんだ。

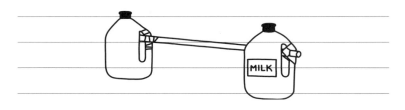

それから、アイロン台とダンボール箱でベンチをつくった。ちゃんとベンチプレス1式をそろえて、本気でトレーニングにとりくむことにしたんだ。

トレーニングパートナーもひつようだから、ロウリーをよんだ。でも、ロウリーはとても奇妙なかっこうでやってきた。やっぱりよぶんじゃなかったよ。

さきにロウリーにベンチプレスをつかわせてやった。だって、ほうきがちゃんとボトルをささえきれるか実験したかったからだ。

　ロウリーは、5回もちあげてやめようとしたんで、ボクはむりやりつづけさせた。そのためのパートナーだ。それぞれ自分のげんかいにちょうせんしなくちゃ。

　ロウリーが、ボクほどしんけんにウェイトトレーニングにとりくんでないってのは、わかってた。だから、ロウリーのやる気をためす実験をすることにした。

　ロウリーがバーベルをもちあげているあいだに、ボクは急いで兄ちゃんの引きだしから仮装用のへんてこな鼻とヒゲをかりてきた。

そして、ちょうどロウリーがバーベルをさげていると
きに、かがんでロウリーの顔を見つめてやった。

　思ったとおり、ロウリーはカンペキに集中力をうし
なった。バーベルを胸からもちあげることすらできない。
たすけてあげようかなって思ったけど、ロウリーが自分
でしんけんにとりくまないかぎり、ボクのレベルにおい
つくことはむりだって気がついた。

　とはいうものの、けっきょくロウリーをたすけてやら
なきゃならなかった。だって、ロウリーはボトルを歯で
食いちぎって、砂をだそうとしたんだもん。

ロウリーのあとは、ボクの番だ。ところが、ロウリーは、もうイヤだって、ぼやきながら帰っちゃった。

　まあ、ロウリーなんてそのていどだと思ってた。世の中のみんながみんな、ボクほど努力家なわけはないからね。

**水曜日**
　きょうは、地理のテストがあった。じつをいうと、ボクはこのテストをずっと楽しみにしていた。

　それは、アメリカ合衆国の州都のテストだった。ボクの席は教室のいちばんうしろで、でかいアメリカ地図がはってあるすぐとなりなんだ。州都はぜんぶ赤い字で書いてある。だから、楽勝まちがいなしだった。

97

ところが、テストの直前に、教室の前のほうにすわっているパティ・ファレルがよけいなことをいいだしたんだ。

パティのやろう、テストの前に地図をかくせって、アイラ先生にいいやがった。

おまえのおかげだよ、パティ。けっきょくボクは、赤点をとった。このしかえしは、いつかかならずしてやるからな。

## 木曜日

　夜、ママがチラシをもってボクの部屋にやってきた。なんのことだか、ボクには、すぐぴんときた。

　学校で毎年、冬に劇がある。そのオーディションのお知らせなんだ。ドジったよ。テーブルの上にあるのを見たとき、すぐゴミ箱にすてとけばよかった。

　おねがいだから、オーディションだけはかんべんしてくれ〜！って、ひたすらママにたのんだ。学校でやる劇は、いつもミュージカルだ。全校生徒の前に立ってひとりでうたうなんて、なにがあってもぜったいイヤだ。

　ところが、ボクがイヤだっていうたびに、ママのほうは、オーディションをうけさせるべきだって、ますます思うようになっちゃったみたい。

ママによると、「ゆたかな人間性」を育てるためには、いろいろちがうことにチャレンジするべきなんだってさ。

　そこへパパが、なにをもめてるのかとやってきた。だからボクは、ママにむりやりミュージカルをやらされそうで、歌の練習があると、ウェイトトレーニングが計画どおりにすすまないんだってうったえたんだ。

　こういっとけば、きっとパパがみかたしてくれると思ったんだ。ところがパパときたら、ママに抗議してはくれたけど、すぐにまけちゃったんだ。

　というわけで、ボク、劇のオーディションを受けるハメになっちゃった。

**金曜日**
　今年の劇は『オズの魔法使い』だ。自分がやりたい役の衣装をきて、オーディションにきたやつもおおぜいいた。

ボクは『オズの魔法使い』の映画を見たことすらない。だから、ただかわりものの連中があつまる会にきたような気がした。

音楽のノートン先生が、みんなの歌声をききたいといって、全員に「わが国、それは汝のもの」っていう歌をうたわせた。ボクとおなじくママにむりやりいわれてきたやつらがぞろりとならび、いっしょに歌をうたったんだ。ボクはこれでもかっていうくらい小さな声でうたったのに、なぜか先生の目にとまっちゃったんだ。

ボクは「ソプラノ」ってなんのことだかわからなかったけど、女子がわらってたから、いいことじゃないんだってことはわかった。

　オーディションは、ながながとつづいた。そして、いよいよさいごに、どうやら主役らしいドロシー役のオーディションがはじまった。

　こんなとき、先頭をきってでようってやつは、あのパティ・ファレルくらいのもんだ。

　ボクは魔女役のオーディションを受けようかと思った。魔女は、ドロシーにあの手この手でいじわるするってきいたからだ。でもそのあと、いい魔女と悪い魔女がいるってこともおそわった。最近ついてないから、いい魔女にえらばれちゃうかもしれない。ボクは、立候補するのをやめた。

## 月曜日

　ボクは、オーディションでおとされるようにいのってた。なのに、きょうノートン先生は、オーディションを受けた生徒全員に役をあたえるって発表した。まったく運がよすぎて、うんざりだ。

　先生は、みんながちゃんと物語を理解できるようにって、『オズの魔法使い』の映画を見せてくれた。ボクは映画を見ながら、どの役に立候補するかしんけんに考えた。だいたい、どの役も歌やダンスがあってイヤだったけど、映画のまんなかあたりでやりたい役が見つかった。ボクがえらんだのは「木」の役だ。理由その１、うたわないですむ。理由その２、ドロシーにリンゴをなげつける場面がある。

観客の前でパティにリンゴをなげつけられたら、ボクのねがいがかなうってもんだ。むりやりオーディションを受けさせてくれたママに、劇のあとお礼をいわなくちゃ。

　映画がおわって、ボクは木の役に立候補した。でも、ついてないや。ほかにも、ボクと同じことを考えたやつがぞろぞろいたんだ。パティをうらんでいるやつが、けっこういたんだな。

## 水曜日

　これはママの口ぐせなんだけど、ねがいごとは、ほどほどにしないとダメらしい。ボクは、ねがいがかなって木の役を勝ちとれたけど、なんだか期待はずれだった。だって、ボクたちの木の衣装ってうでをだす穴がないんだ。つまり、リンゴをなげられないってこと。

それでもセリフのある役をもらえたのはラッキーなほうだ。オーディションの応募者が多かったから、役がぜんぜんたりなくなって、先生は、むりやり新しい役をつくりはじめたんだ。

　ロドニー・ジェイムスは、主役とならんで重要なブリキのきこり役をやりたがってたのに、植えこみのしょぼい木の役をさせられることになった。

## 金曜日

　セリフのある役をもらえてラッキーだって書いたばかりだけどさ、きょうになって、ボクのセリフが、たったのひとことだってわかった。枝になるリンゴをドロシーにむしられたときのひとことだけなんだ。

たったひとことのアホなセリフをいうために毎日２時間も練習に行かなきゃならない。

ロドニーのしょぼい木のほうが、ボクよりずっとトクだったかもしれない。だってロドニーのもこもこした衣装って、うまくゲーム機をかくせるんだ。あれなら、あっというまに練習時間がおわるってもんさ。

そういうわけで、ボクは、どうしたらノートン先生に劇からおいだしてもらえるか、いろいろ考えてるところ。だけど、たったひとことのセリフじゃ、わざとまちがうのもホントにむずかしい。

# 12月

**木曜日**

　劇の本番まであと数日しかない。いったいどうしたら、まともな劇にしあがるんだろう？

　だいたい、セリフをおぼているやつがひとりもいない。これはみんなノートン先生が悪いんだ。

　いつまでたってもリハーサル中に、先生がぶたいの下から小さい声でみんなにセリフをおしえているせいだ。

　火曜日の本番では、先生は１０メートルもはなれたピアノのところにいるのに、どうするつもりなんだろう？

劇がめちゃくちゃになっているもうひとつの原因は、先生がつぎつぎ新しい場面や配役をふやしつづけていることだ。

　きのう、先生は小学1年生の子をつれてきて、ドロシーの愛犬トト役をさせることにきめた。ところが、きょうになってその子のママが、むすこをふつうに歩かせろってもんくをいいにきた。手と足で歩くのが「下品」なんだってさ。

　だから、ボクたちの劇には、ずっとうしろ足だけで歩くへんな犬が登場することになった。

　いちばんイヤなへんこうは、先生が新しく歌をつくったんで、ボクたち木の役全員がうたわなきゃならないことだ。先生は、出演者はだれでもぶたいで「うたうにふさわしいチャンスがあるんだ」っていったんだ。

おかげできょうは、史上サイテー最悪の歌を1時間も練習させられた。

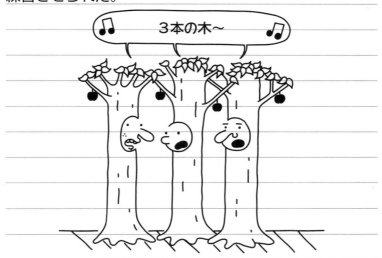

兄ちゃんが本番にこないのが、せめてものすくいだ。こんなの見られたら、こなごなになるくらいバカにされちゃうからね。劇を見にくる人は、ちゃんとしたかっこうできてくださいと先生がいったんだ。つまり男の人はネクタイをしめなくちゃならない。兄ちゃんはネクタイをしめるのが大きらいだから、くるわけがない。それに、きょうは悪いことばかりじゃなかった。練習がもうすぐおわるってときに、木の役のアーチー・ケリーがロドニーにつまずいた。あの衣装では手をつくことができないから、アーチーは、もろに顔をうって歯をおっちゃったんだ。

　それで、うれしいニュースだ。ボクたちの木の衣装に手をだす穴をあけることがきまった。

## 火曜日
　今夜は、いよいよ『オズの魔法使い』の本番。なんだかイヤ～なことになりそうな気がしたのは、劇がはじまるちょっと前のことだった。

　何人くらいきてるか、まくのすきまからのぞいたら、いちばん前の列にだれが立ってたと思う？　兄ちゃんだよ。首がしまらないクリップ式のネクタイをしてた。

ボクがうたうって、だれかにきいてきたにちがいない。ボクをからかうサイコーのチャンスをむだにするような兄ちゃんじゃないからね。

　劇は8時スタートのはずだった。でも、ロドニーがめちゃめちゃあがってパニックになったんで、おくれることになった。ただ、ぶたいですわっているだけの役なんだから、あがろうがなんだろうが、そのままガマンできそうだろ？　なのにロドニーときたら、かなしばりみたいにうごけなくなっちゃった。それで、とうとうロドニーのママがだっこしてつれて帰ったんだ。

　やっと劇がはじまったのは、8時半ごろだった。ボクの予想どおり、だれもセリフをおぼえていない。でも、ノートン先生はピアノをやめずどんどん劇をすすめていった。

トト役の子ときたらさ、マンガといすをもってぶたいにあがってきたんだ。これじゃ、ぜんぜん「犬」じゃないじゃん。

　いよいよ森の場面になって、ボクはほかの木の役のやつらといっしょにぶたいへピョンピョンとんでいった。そして、まくがあがったそのときだ。とつぜんマニーの声がひびいた。

サイテーだー！！　この５年間、ひたすらこのよび名をかくしていたのに、いっしゅんにして町じゅうの人に知られちゃったんだ。観客全員の視線が、ボクに集中してるって、ビンビン感じたよ。

　ボクはめちゃくちゃあせった。なんとかごまかそうと、となりのアーチーにむかって、とっさに思いついたセリフをいった。

　ところが、これですむわけはなかった。サイコーにはずかしい事件は、このあとにおきたんだ。先生が「わしらは３本の木」の歌の前奏をひきはじめたとき、ボクはしんぞうがとびでるほどびっくりした。だって客席を見たら、兄ちゃんがビデオをかまえていたんだもん。

ここでうたったら、兄ちゃんにビデオを永久保存されて、それをネタに一生バカにされるだろう。

　ボクはどうしたらいいのかわからなくて、うたいはじめなきゃいけないときに、口をとじたままでいた。

　数秒間は、なにごともなくすぎた。ボクは、歌さえうたわなければ兄ちゃんの思いどおりにならないと思ったんだ。でもすぐに、ほかの木のふたりが、ボクがうたってないって気がついた。

うたっていたらヤバイ理由(りゆう)があるにちがいないと思ったらしく、ふたりとももうたうのをやめた。

とうとう３人ともだまりこくって立っているだけになった。ノートン先生は、ボクたちが歌詞(かし)をわすれたと思ったみたいで、わざわざぶたいのわきまで来てのこりの歌詞(かし)を小さな声でうたいだした。

たった3分の歌なのに、ボクにはまるで1時間半に思えた。いっこくも早くまくがおりて、ぶたいからにげだせますようにって、ひたすらいのった。

　ふと見ると、ぶたいのそでにパティが立っていた。もし視線で人をころせるものなら、まちがいなくボクたちは、3人ともパティにころされてたはずだ。あのパティのことだから、有名女優になる道をボクらがめちゃくちゃにしたとでも思ってるんだろう。

　パティを見ていたら、木の役に立候補したときの理由を思いだしちゃった。

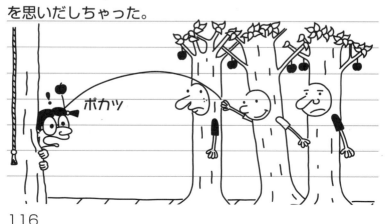

それを見ていた、ほかの木のふたりもすぐにリンゴをなげはじめた。犬のトトまで、どさくさにまぎれてなげだした。

　そのうち、だれかのなげたリンゴがパティのメガネにぶつかった。それで、メガネは床におちてかたほうのレンズがわれちゃった。パティは、メガネがないと1メートル先だって見えない。とうとうノートン先生は、劇を中止しなきゃならなかった。

　劇がおわると、ボクは家族といっしょに家へ帰った。ママはちょっと前まで花たばをかかえていた。ボクにくれるつもりだったんだろう。でも、帰る途中でゴミ箱にほうりこんでたよ。

　ボクは楽しかったけど、見にきてくれた人がボクみたいに楽しんでくれたかどうかは、わからない。

117

## 水曜日

　そういえば、ひとつだけ劇(げき)のおかげでたすかったことがある。それは、「にいパイ」というよび名がバレることを心配(しんぱい)する必要(ひつよう)がなくなったことだ。

　きょう、5時間目のあと、アーチーがろうかでからかわれているのをもくげきしたんだ。これならもう、安心(あんしん)してだいじょうぶだな。

## 日曜日

　学校でいろいろあったから、クリスマスのことを考えてるヒマがなかった。クリスマスまであと10日もないのにさ。

兄ちゃんが冷蔵庫にはりだした、ほしい物リストを見なけりゃ、そのままクリスマスのことをわすれるところだったかも。

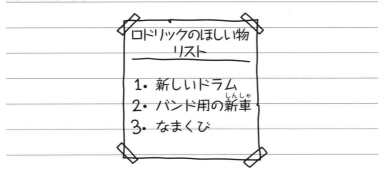

ロドリックのほしい物リスト

1. 新しいドラム
2. バンド用の新車
3. なまくび

ボクは、クリスマス前にはいつも長いリストをつくってた。でも、今年ほしいものはひとつだけで、ゲームソフトの「ツイステッド・ウィザード」だ。

今夜マニーは、おもちゃのクリスマス・カタログを見て、ほしい物に赤マルをつけていた。カタログにのってるものには、ひとつのこらずマルをつけてたみたいだ。エンジンつきの大きなもけい自動車とか、ものすごく高い物にまでマルをつけていたんだ。

119

ボクはあにきだからね、マニーに、ためになることをおしえてやった。

　あんまり高すぎる物にしるしをつけると、けっきょくクリスマスには服ばかりもらうはめになる。でも、3つか4つだけ、そこそこのねだんのほしい物をえらんでおくと、その中からふたつくらいはもらえるってね。

　でも、やっぱり、マニーはまたぜんぶにマルをつけはじめた。こういうことって、身をもって経験しないと、わからないんだろうな。

　ボクが5さいのクリスマスにどうしてもほしかったのは、「バービーゆめのドールハウス」だった。兄ちゃんは、ボクが女の子のおもちゃがすきだったからだっていいふらしてるけど、それはだんじてちがう。

ボクは、おもちゃの兵隊の基地にぴったりだと思っただけなんだ。

　その年、ボクのほしい物リストを見て、パパとママは、すごい夫婦ゲンカをはじめた。パパは、男の子に人形の家なんてぜったい買わないといい、ママは、せいべつにかんけいなく、あそびたいものをあげるのはいいことだといいはった。

　いがいにも、パパはこの口ゲンカでママに勝ったんだ。そして、もういちどリストを書きなおして、もっと男の子に「ふさわしい」物だけ書きなさいって、ボクにいいわたした。だけど、クリスマスにかんしていえば、ボクにはおじさんという秘密兵器があった。チャーリーおじさんは、かならずボクのねだったものをくれるんだ。そのときも、おじさんに「バービーゆめのドールハウス」をねだったら、すぐにオーケーしてくれた。

121

それなのに、クリスマスにおじさんがくれたのは、ボクがたのんだものと、ぜんぜんちがった。おじさんは、おもちゃ売り場でさいしょに目についた「バービー」って名前のついたおもちゃをぱっとつかんで買ってきたんだろう。だから、ボクが「バービー」をもっている写真を見ても、おどろかないでね。そーゆーわけだから。

　パパは、おじさんからボクへのプレゼントを見て頭にきたらしい。すてるか、バザーへ寄付するか、早くきめろっていわれた。

　そういわれたものの、ボクはバービーをとっといた。それに、はくじょうしちゃうと、箱からだしてあそんだことが、何回かある。

それにその２週間後、ボクはバービーのピンクのくつを鼻の穴につまらせて、救急病院にはこばれちゃったんだ。でね、兄ちゃんはこのときの話をあきあきするほど、ボクにきかせてくれるんだ。

## 木曜日

　今夜ママとボクは、教会でやっている「ギビングツリーたすけあい運動」のプレゼントを買いにでかけた。ギビングツリーっていうのは、めぐまれない人のために秘密のサンタになってあげるじぜん活動だ。教会のクリスマスツリーにたくさんカードがぶらさがっていて、貧しくてこまっている人のほしい物が、それぞれのカードに書いてある。

　ママは、カードを書いためぐまれない人のために、赤いウールのセーターを買った。ボクは、テレビとかコーヒーメーカーとか、もっとカッコイイ物をあげようって、ママにていあんしてみた。

だって、クリスマスにセーター1まいしかもらえないなんて、みじめすぎるだろ？

その人、きっとおこってセーターをすてちゃうよ。先月の感謝祭たすけあい運動で、うちが寄付したかんづめ10かんといっしょに、ゴミ箱にポイだ。

## クリスマスの日

朝おきてすぐ下にいったら、クリスマスツリーの下にプレゼントが山のようにあった。なのに、ひとつひとつよく見ると、ボクへのプレゼントはほとんどなかった。

マニーのやつ、まるで強盗みたいに、うまくやりやがって！　カタログにマルをつけたものを、どれもこれもみんなもらってた。ウソじゃない。ボクのいうとおりにしないでよかったとよろこんでいるはずだ。

　ボクへのプレゼントもちょっとだけ見つけた。でも、本とかくつ下とか、そんなもんだった。

　ボクは、部屋のすみっこのソファのうらでプレゼントをあけた。パパのそばはイヤなんだ。だって、パパは、だれかがプレゼントをあけると、すぐに包装紙や箱やリボンをひろっては、がさがさとかたづけだすんだもん。

ボクは、マニーにおもちゃのヘリコプター、兄ちゃんにはロックバンドの本をプレゼントした。兄ちゃんもボクに本をくれた。もちろんつつんでないままだ。本のタイトルは『リトルキューティー・ベスト・セレクション』だ。「リトルキューティー」ってのは、新聞にけいさいされている、サイアクにつまんないマンガだ。兄ちゃんは、ボクがそれをすごくきらっているのをよく知ってて、わざとこの本をくれたんだ。兄ちゃんからのクリスマスプレゼントは４年れんぞく「リトルキューティー」の本だよ。

　パパとママにもプレゼントをわたした。毎年おなじような物をあげても、親っていうのはかならずよろこんでくれる。

11時くらいからしんせきの人たちがすこしずつやってきた。チャーリーおじさんがきたのは12時だった。

　おじさんは、大きなゴミぶくろにいっぱいプレゼントを入れてもってきた。まず、いちばん上にあったボクへのプレゼントをだしてくれた。

　大きさも形もゲームソフト「ツイステッド・ウィザード」そっくりだ。やった！　やっぱりおじさんは、ボクのほしいものをもってきてくれたんだと思った。ママがカメラをかまえ、ボクは包装紙をびりびりやぶいた。

127

ところが、でてきたのはタテ20センチ、ヨコ25センチの、チャーリーおじさんがひとりでうつっている写真だった。

ボクは、がっかりしたのが思わず顔にでちゃったんで、ママにスゴクおこられた。それにしても、ボクはまだ子どもでよかった。だって、おとながもらったプレゼントを見てごらんよ。あんなのもらってうれしいふりなんて、ボクにはぜったいできないな。

ボクは、ひと休みしに自分の部屋へ行った。しばらくしたらパパがきて、車庫にボクへのプレゼントがあるとおしえてくれた。大きくてつつめないから車庫においたんだって。

　車庫にいったら、新品のウェイト・トレーニング・セットがあった。

ものすごく高かったろうなあ。だけど、先週体育のレスリングがおわったから、もう筋肉トレーニングなんてきょうみないんだよね。もちろんボクは、そうパパに平気でいえるほど無神経な人間じゃない。だから、かわりに「ありがとう」っていっといた。

　パパは、ボクが大よろこびですぐトレーニングをはじめると思ってたみたいだった。悪いけど、ボクはお礼だけいって、みんなのところへもどることにした。

　6時ごろ、しんせきの人たちがみんな帰っていった。

　ボクは、マニーがおもちゃであそぶのをソファで見ながら、かなりみじめだった。そこへママが、ピアノのうらにボクへのプレゼントがあったともってきてくれた。プレゼントには「サンタクロースより」と書いてあった。

「ツイステッド・ウィザード」にしては大きすぎる箱だった。でも、ママは去年もゲーム機のメモリーカードをわざと大きな箱に入れてボクをだましましたから、もしかしたら、もしかするかも……。

包装紙をびりりとやぶって中身を引っぱりだしてみた。ところが、それは「ツイステッド・ウィザード」じゃなくて、巨大な赤いウールのセーターだった。

ボクは、てっきりママにからかわれていると思ったよ。だって、この前ママとギビングツリーのめぐまれない人に買ったのと、そっくり同じセーターだったからね。

ところが、ママもなにがなんだかわからないといって、あわてだしたんだ。ママはゲームソフトをちゃんと買ったっていうんだよね。なんでセーターが箱の中にはいってるのか、ぜんぜんわけがわからないんだってさ。

それで、ボクはぴんときた。もしかしてとりちがえたんじゃないかって、ママにきいてみた。めぐまれない人へのプレゼントをボクがもらっちゃって、ボクのプレゼントをめぐまれない人がもらっちゃったんだ。

　ママは両方とも同じ包装紙でつつんだんだってさ。きっと、宛名の札をつけまちがえたにちがいない。

　ところが、ママときたら、これはすばらしいことよ！なんていいだしたんだ。ギビングツリーのめぐまれない人も、思ってもみなかったすごいプレゼントをもらえてよろこんでいるはずだってさ。

まったく、なんでこんなことまで説明しなくちゃわからないんだろう。「ツイステッド・ウィザード」であそぶには、ゲーム機とテレビがひつようだ。めぐまれない人はたぶんもってないから、これだけもらってもなんの役にもたたないじゃん。

ボクのクリスマスもステキじゃなかったけど、ギビングツリーのめぐまれない人は、まちがいなくもっともっとひさんだよ。

もう今年のクリスマスはダメかなってあきらめかけて、こんどはロウリーの家へ行くことにした。

ロウリーのプレゼントを買いわすれてたから、兄ちゃんがくれた「リトルキューティー」の本にリボンをかけてみた。

　どうもいいプレゼントになったみたいだ。

　ロウリーの親ってのは、すごい金もちだ。だから、いつもかなりいいプレゼントが期待できる。

　だけど、今年のボクへのプレゼントは、ロウリーが自分でえらんだんだってさ。さっそくロウリーは、プレゼントを見せにボクを外へつれだした。

　ロウリーがやたらわいわいさわいでたから、きっと大画面テレビとか、バイクとか、なんかすごい物にちがいないっ！

でも、またもやボクの期待は高すぎた。

　ロウリーがボクにくれたのは、大きめの三輪車！もっと小さいころなら、サイコーにかっこいいプレゼントだとよろこんだだろうけど、今さらこんなのもらったってな。

　ロウリーは、そうとうこうふんしていたんで、ボクは一生けんめい、よろこんでいるふりをした。

　それから家の中で、ロウリーがもらった、やたらとたくさんのクリスマスプレゼントを見せてもらった。

とうぜんロウリーはボクよりずっといろんな物をもらっていた。なんと「ツイステッド・ウィザード」ももらってたよ。おかげで、ボクはロウリーんちにくれば、「ツイステッド・ウィザード」であそべることになった。もちろんロウリーのパパが、ゲームの中の暴力に気づくまでのことだけどね。

　それにしても、「リトルキューティー」の本をもらって、あんなによろこぶやつなんてはじめて見たよ。ロウリーのママがおしえてくれたんだけど、ロウリーは、ほしい物リストのうち、この本だけもらえてなかったんだってさ。

　だれかさんは、ほしい物がぜーんぶ手に入ってよろこんでいられるんだからよかったな、フン。

クリスマスの奇跡ね！

## おおみそか

　おおみそかの夜9時だっていうのに、ボクは自分の部屋にこもっている。なんでだかふしぎに思うだろうから、ちゃんと説明する。

　きょうの昼間、ボクとマニーは地下でバカさわぎをしてあそんでた。ちょうど、小さな黒い糸のまるいかたまりが床の上におちていた。ボクは、クモだ！　って、マニーをおどかしちゃった。それから、クモをマニーの顔に近づけて、食べさせるまねをしたんだ。

　ちょうどマニーをはなそうとしたとき、マニーがボクの手をひっぱたいた。そのひょうしに黒い糸のかたまりがボクの手からおちちゃった。それから、どうなったと思う？　あのバカ、のみこんじゃったんだ。

いやもう、マニーのあわてぶりはすごかった。それで、マニーがすぐ２かいのママのところへかけあがっていったんで、ボクの立場(たちば)はヤバイことになった。

　マニーは、ボクにクモを食べさせられたってママにいいつけた。ボクは、クモなんていなくて、あれはただの小さな糸くずなんだって説明(せつめい)した。

　ママはマニーをキッチンのテーブルへつれて行った。そして、ブドウのタネとほしブドウとブドウを皿(さら)にならべて、のみこんだ糸にいちばん近い大きさのものを、マニーにえらばせようとした。

138

マニーは、しばらく皿の上を見ていた。

そして、冷蔵庫のところへ行った。マニーが中からとりだしてママに見せたのはオレンジだった！

ボクは、まだ7時なのに自分の部屋でねるようにっていわれた。下でみんなといっしょにテレビのおおみそかの特別番組を見たいのに。

きめた。新年の抱負は「マニーとはぜったいにあそばない」。

# 1月

**水曜日**

　ロウリーがくれたデカデカ三輪車をつかって、ふたりであそぶおもしろい方法を思いついた。ひとりが坂の上から三輪車でくだる。それをもうひとりが、フットボールをなげて、三輪車にのってる人をおとすんだ。あぶないから、しちゃいけないんだけどね。さいしょはロウリーが三輪車で坂をくだって、ボクがボールをなげることにした。

　もうスピードでくだるローリーにボールをぶつけるのは、思ったよりむずかしかったし、何度もできなかった。だってロウリーが坂をくだって、また三輪車を引きずって上までもどるのに10分もかかったんだもん。

ロウリーは、こんどはボクと交代だってしつこくせまってきたけど、そんなにボクはマヌケじゃない。この坂だと時速60キロ近くでちゃうのに、ブレーキがついていないんだ。

　ともかく、きょうはロウリーを三輪車からおとせなかった。こののこりの冬休み、しっかり練習してうまくなるぞ。

## 木曜日
　きょうも三輪車のゲームをやりにロウリーのところへ行こうとしたんだけど、ママに、クリスマスプレゼントのお礼の手紙を書きおえるまで、あそびにいっちゃダメっていわれちゃった。

お礼の手紙なんて、30分ぐらいですむってかるく考えてた。ところが、いざ書こうとしたら、ボクの頭の中がまっ白で、なにを書いたらいいか、わからなくなった。

　そもそも、ぜんぜんほしくない物をもらったのに、お礼の手紙を書くなんて、むずかしいにきまってる。

　さいしょに服以外の物をくれた人に手紙を書きはじめた。そのほうがすこしラクに思えたんだ。だけど、2、3人書いてみたら、どの手紙もほとんど同じことを書いているなって気がついた。

　それでボクは、パソコンで同じ物をつくって、プレゼントをくれた人の名前と、その人がくれた物のところだけスペースをあけてみた。あとは、そのあいているところをうめていくだけだから、ラクチンだもんね。

リディアおばさんへ
　すばらしい　百科事典　を、どうもありがとう。
どうしてぼくのほしい物がわかったの？

　本だな　の上の　百科事典　はとてもりっぱに見えて、
すごいです。

　自分の　百科事典　をもっているなんて、
きっと友だちみんなにうらやましがられるでしょう。

　おかげでサイコーのクリスマスになりました。
　　　　　　　　　　　さようなら　グレッグ

　さいしょは、これをつかってうまくいったんだけど、
そのうちへんな手紙ができるようになった。

ロレッタおばさんへ
　すばらしい　ズボン　を、どうもありがとう。
どうしてぼくのほしい物がわかったの？

　ぼくの足　の上の　ズボン　はとてもりっぱに見えて、
すごいです。

　自分の　ズボン　をもっているなんて、
きっと友だちみんなにうらやましがられるでしょう。

　おかげでサイコーのクリスマスになりました。
　　　　　　　　　　　さようなら　グレッグ

## 金曜日

　きょう、ついにロウリーを三輪車からおとした！　でも、それは予想外のおちかただった。ボクは、ロウリーの肩をねらったんだけど、ねらいがはずれて、三輪車の前輪の下へおちちゃったんだ。

　ロウリーは、なんとかしておちないように体勢をかえようとしたけど、左手の上にすごいいきおいでたおれちゃった。すぐに立ちあがって、三輪車にもどると思ったのに、そうはいかなかった。

　ボクはなんとかはげますつもりで、ふだんならロウリーが爆笑するようなジョークをれんぱつしたんだけど、まったくききめがなかった。

それで、きっととってもいたいんだろうなってわかった。

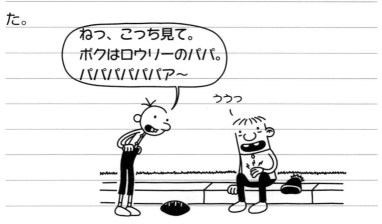

## 月曜日

冬休みがおわって、学校がはじまった。もちろん、ロウリーの転倒事故をおぼえてるよね？　それでロウリーは手を骨折して、ギプスをはめることになった。おかげできょう、ロウリーは、みんなにとりかこまれていた。まるでヒーローあつかいだ。

ボクもロウリーの人気をちょっとだけもらおうとしたけど、ぎゃくにおこられちゃった。

　ランチの時間、女の子たちが食べさせてあげるからってロウリーを自分たちのテーブルによんだ。

　これには、ちょっとなっとくいかなかった。だってロウリーは右ききで、折れているのは左手なんだ。自分の手でちゃんと食べられるんだよ。

**火曜日**

　ロウリーがケガのおかげでずいぶんといい思いをしているから、ボクもケガをすることにした。

　家からもってきた包帯をとりだして、手をぐるぐるまきにした。これでケガをしたように見えるだろう。

　でも、いったいどうしてなのか、ボクのところには、ロウリーみたいに女の子たちがよってこなかった。しばらく考えてみたら、なにがモンダイだったかはっきりした。

　つまり、ギプスにはサインができるけど、ただの包帯だとペンでうまく書けないんだってこと。

それでギプスのかわりにいい方法を思いついた。

ところが、これもカンペキに失敗。ボクの包帯によってきたやつもいたことはいたけど、それは、まちがってもよってきてほしくないやつだけだった。

## 月曜日

　先週から2学期がはじまっている。前の学期とはちがう新しい授業もいろいろはじまった。ボクは総合のグループ研究をせんたくしたんだ。

　ホントは、前に家庭科1でいい成績をとれたから、家庭科2をとりたかった。

　でも、さいほうがとくいだからって人気者になれるわけじゃない。

　それはともかく、このグループ研究ってのは、うちの学校では、はじめてやるらしく、実験的なものらしい。

学校側がえらんだ研究課題にクラス全員が、協力してとりくむ。先生は、参加しないんだって。

　ただこまるのは、クラス全員に同じ成績がつけられちゃうことだ。だってボクのクラスにはリッキー・フィッシャーがいるんだ。大問題だよ。

　リッキーって学校中で有名なんだ。だって、だれかが50セントをくれたら、つくえのうらにくっついてるガムを、はがしてかむっていってまわってるんだよ。こんなやつがいたら、ボクたちの成績はあんまり期待できない。

**火曜日**

　きょう、グループ研究の課題が発表された。なんだと思う？　ロボットをつくるんだってさ。

　さいしょは、みんなビックリしてた。てっきり部品をそろえて本物のロボットをつくらなくちゃいけないと思ったんだ。

そしたらダーネル先生が、本物のロボットをつくる必要はないっていった。どんなかっこうで、なにができるロボットがあったらいいか、アイディアをまとめればいいらしい。

　先生は、そういうと教室をでていった。ボクたちだけの話しあいがはじまった。まずは、とにかく思いつくことを、どんどんみんなであげていくことにした。ボクはいろんなアイディアを黒板に書いてみた。

　みんなボクのアイディアに感心してたけど、こんなのかるいもんさ。だって、自分のやりたくないことを書けばいいだけだからね。

　女の子たちもなにかアイディアがあるらしくて前にでてきた。そして、ボクのリストを消して、自分たちのアイディアを書きはじめた。

女の子たちったら、デートのアドバイスをしてくれて、10本の指がそれぞれちがうリップグロスになってるロボットがほしいんだって。

　男子はみんな、そんなのサイコーにアホなアイディアだってあきれはてた。それで、男子と女子に分かれて考えようってことになった。女子はそのまま立ちっぱなしで話をつづけて、男子は部屋の反対側に移動して話しはじめた。

　これで、みんなマジにとりくむ準備がととのったから、さっそく話しあいだ。だれかが、自分の名前をいったら、ちゃんとその名前でよびかえしてくれるロボットがほしいといった。

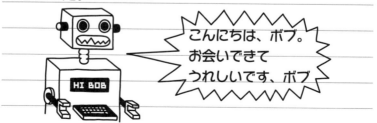

そしたら、こんどはべつのやつがいった。悪口をいったら、ロボットにも悪口をいいかえされちゃう。それで、ロボットにいわれたくない言葉のリストをつくることになった。

　だれもがつかうような悪い言葉はかんたんに集まった。そしてさらにリッキー・フィッシャーが、きいたこともないような悪い言葉を20個もあげてくれた。

　けっきょく、この課題にかんしていえば、リッキーがいちばん役にたった。

　終業のチャイムが鳴る直前に、ダーネル先生がようすを見にやってきた。そして、ボクたちがつくっていたリストを手にとって読んだ。

早い話、今年度のグループ研究は、中止になった。

　すくなくとも男子はかんぜんに中止ってことらしい。だから、未来の世界では、チェリー・リップグロスの指のロボットが歩きまわっているかもしれないけど、こーいうワケだからね。

**木曜日**

　きょうは、全校集会で映画を見た。「このままのボクが最高」っていう映画で、毎年むりやり見せられているものだ。

　この映画がいってるのは、ようするに、今の自分にまんぞくするべきで、自分をかえるべきじゃないってことだ。

正直なところ、そんなのを子どもにつたえるのは、すごくアホだ。とくにうちの学校ではね。

そのあと、安全パトロール委員にあきがあるという学校からのお知らせがあって、ボクは考えこんだ。

安全パトロール委員にちょっかいをだした生徒は停学になる。つまり、自分の身をまもるには、もってこいってわけだ。

それに、えらい立場につくっていうのは、なにかとべんりにちがいない。

　ボクはウィンスキー先生の部屋へ行って安全パトロール委員の参加もうしこみをした。もちろんロウリーもいっしょにもうしこませた。てっきり、けんすいや、うで立てふせを何度もやらされて、パトロールにふさわしい体力があるかチェックされるのかと思ってた。だけど、先生はすんなりベルトとバッジをくれたんだ。

先生は、今回とくべつな役目ができたから委員をふやしたんだって説明してくれた。うちの学校のとなりに幼稚園があるんだけど、幼稚園は半日しか授業がない。

　それで、昼に幼稚園児を家までつれて帰るのがボクとロウリーの役目だ。となると、算数の授業から20分もぬけでていられる。ロウリーも気づいたみたいで、急に元気に話しはじめた。だから、ロウリーがそのことをいいかけたとき、つくえの下でぎゅっとつねってとめたんだ。

　こんなに運がいいなんてウソみたいだ。これで、いじめ対策がカンペキになっただけじゃなくて、学校公認で算数をさぼれることになったんだ。ただパトロールをするだけでだよ。

## 火曜日

　きょうは、安全パトロールのさいしょの日だ。ボクとロウリーは、ほかのパトロール委員のように登校するときに外に立ってみんなの安全を点検するわけじゃないから、こごえるような寒い思いをしないですむ。

　でも、だからといって、授業の前、安全パトロールだけにただでくばられる、あったかいココアをいただかない手はない。

カチッ

　あと、安全パトロールになってよかったのは、1時間目に10分ちこくできることだね。

おっは～！

ホントに、この安全パトロールになったのは名案だったよ。

　お昼にボクとロウリーは学校をでて、幼稚園の子たちを家へつれて帰る。ぜんぶで45分はかかるから、算数の授業はのこり20分だけでればいい。

　幼稚園児をつれて歩くのはおやすいご用だ。でも、その中のひとりが、なんだかくさくなってきた。たぶん、おもらししちゃったんだろう。

　その子は、なんとかボクに知らせようとしたんだけど、ボクは、まっすぐ前を見つめて、ただ歩きつづけた。ちゃんと送りとどけるけど、オムツのこうかん係になったわけじゃない。

# 2月

**水曜日**

　きょうは、この冬はじめての大雪で学校が休みになった。算数のテストがあるはずだったけど、ボクは安全パトロールになってから、ずっと算数をさぼりぎみ。だから、うれしかった〜。

　ボクは電話でロウリーをよんだ。こんど雪がふったら、世界一大きい雪だるまをつくろうって、去年も、おととしも、さきおととしも、ふたりで計画してたからね。

　世界一の雪だるまって、ウソじゃない。ボクたちの目標は『ギネス世界記録』にのることだ。

　でも、ボクたちがしんけんに記録をつくろうとすると、いつも雪がみんなとけちゃって、チャンスをのがしてた。だから、今年はどうしてもすぐはじめたかったんだ。

　ロウリーがきて、ボクたちは、すぐにいちばん下の土台になる雪の玉をごろごろとつくりはじめた。世界最大にするには、これだけで2メートル半くらいの高さにしないとだめだろう。雪の玉はかなり重くなってきた。少しころがしてはひと休みしないと、息切れしちゃうほどだった。

　ちょうどボクたちが休んでいるとき、ママが買い物に行こうとでてきた。でも、雪の玉がじゃまで車をだせない。おかげでママにかるくタダばたらきしてもらっちゃった。

　きゅうけいのあと、ボクとロウリーは体力のげんかいまで雪の玉をころがしつづけた。だけど、うしろをふりむいたら、たいへんなことになっていた。

雪の玉が重くなりすぎて、パパが秋にうえた芝生を根こそぎはがしちゃっていたんだ。

あと10センチくらい雪がつもったら、ぬけたあとがかんぜんにかくれると思ったのに、そういうときにかぎって雪がやんじゃった。

これで世界最大の雪だるまをつくる計画はすっかりおじゃん。だから、ボクたちの雪の玉をなにかほかにうまくつかえないか頭をひねってみた。雪がふると、いつもワーリー通りのやつらが、ボクたちの住む通りの坂へそりをもってあそびにくる。ここはボクたちの坂だ。あいつらの家はここからずっと遠いのにさ！

だからあすの朝、ワーリー通りのやつらが坂をのぼってきたら、ボクとロウリーでちょっとだけ思い知らせてやることにした。

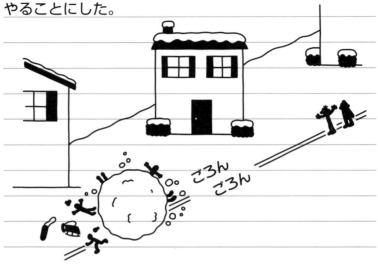

**木曜日**

けさ、おきてみると、もう雪がとけだしていた。だから、ロウリーに早くこいって電話したんだ。

ロウリーがくるまで、マニーの雪だるまづくりを見物していた。ボクたちがつかいのこした雪でチビチビとつくってる。

そりゃ、ホントになさけないもんだった。

だから、ガマンできなくて、やっちゃった。運悪(うん わる)く、ちょうどその場(ば)をパパがもくげきしていた。

その前からパパは芝生のことでおこってたんで、これはかなりヤバかった。車庫のドアのひらく音がして、パパが外にでてきた。雪かき用のシャベルをかまえてまっすぐこっちにむかってくる。ボクはあわててにげようとした。

ところが、パパが近づいていったのは雪の玉で、ボクじゃなかった。1分もかからずに、ボクたちの血とあせとなみだの結晶をこなごなにしてくれたよ。

ロウリーがやってきたのは、その数分後だった。ボクは、ロウリーのことだから、パパのしわざに爆笑するかもって思ってた。

だけど、ロウリーは、雪の玉を坂からおとそうと意気ごんできたみたいで、すごいいきおいでおこりだした。でも、きいてよ。ロウリーったらボクにおこるんだ。パパのやったことなのにさ。

ロウリーのわからずやっていったら、おしあいになった。ところが、いよいよ本格的なケンカになりかけたときだ。とつぜん、道路のほうからボクたちにむかって雪の玉がとんできた。

ワーリー通りのやつらだ！　にげられて、しかえしもできなかった。★★★

ついこの前、国語の授業でレバイン先生に「皮肉」ってことばをおそわったばかり。あーあ、レバイン先生がこの場を見てたら、「これこそ皮肉なできごと」だって感動するかも。

**水曜日**
　きょう、学校新聞のマンガ担当募集が発表された。新聞のマンガはひとつだけで、今までずっとブライアン・リトルがひとりじめしていた。

ブライアンは「バカうけワン公」っていうマンガを描いていて、はじめのころのは、けっこうおもしろかった。

　でもさいきんは、マンガを自分勝手な目的のためにつかっている。それでクビになったんだろう。

　ぼしゅうの知らせをきいて、ボクはすぐに応募をきめた。だって、「バカうけワン公」のおかげで、ブライアン・リトルは学校の有名人になったんだ。ボクだってそうなりたいよ。

　そういえば、ちょっとだけボクも学校の有名人の気もちをあじわったことがある。禁煙運動のポスター・コンテストで2位になったときのことだ。

兄ちゃんのヘビメタざっしの写真をなぞっただけなのに、運がよくって、だーれも気づかなかったんだ。

　そのとき1等賞になったのはクリス・カーニーだった。まったくムカついたね。クリスときたら、すくなくとも1日1箱はタバコをすってるやつだよ。

## 木曜日

　ボクはロウリーとくんでマンガを描くことにした。放課後ロウリーが家にきて、さっそくふたりでとりかかった。

　まずは、思いつくかぎりの登場人物をてあたりしだい描いた。これは、かんたんだったけど、問題はそのあと。いいオチを考えようとしたのに、なかなか思いつかない。

　やっと、いいことに気がついた。

　どのマンガも、オチは「ほりゃマンマたいへーん！」っていうギャグにしちゃったんだ。

　そうすれば、ボクたちはジョークになやんで行きづまることはないし、絵のほうだけに集中できる。

さいしょのうち、ボクが文と絵を担当して、ロウリーは、まわりのわくぐみだけ描いていた。

そのうちロウリーが、マンガのわくばかり描くのはイヤだといいだしたんで、文も書かせることにした。

正直いって、ロウリーが文を書きだしたら、マンガの質がガタッとおちた。

そのうち、ボクは「ほりゃマンマたいへーん」にあきちゃって、ロウリーにほとんどまかせることにした。

信じられないかもしれないけど、ロウリーの絵は、文よりもっとヘタだった。

ほかのオチも考えようっていってみたんだけど、ロウリーは「ほりゃマンマたいへーん！」しか書きたくないっていいはった。そのあげくににもつをまとめて帰っちゃった。ま、いいさ。べつに、ロウリーみたいに人の顔に鼻も描かないやつと、どうしても組みたいわけじゃない。

きのうロウリーが帰ってから、自分でいくつかしあげてみた。「くるくるクレイトン」っていう主人公(しゅじんこう)を思いついて、どんどん調子(ちょうし)よく描(か)けたんだ。

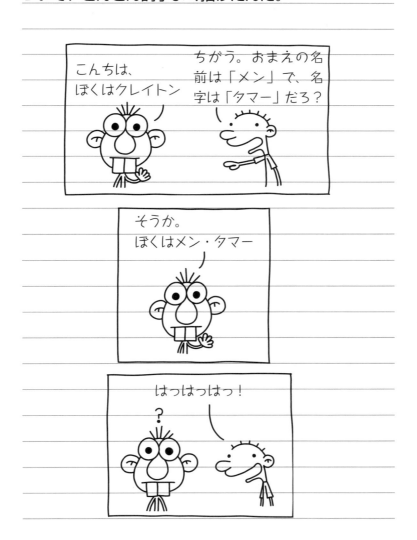

それから波にのって20話ぐらい描けちゃった。ホント、かんたんだったよ。

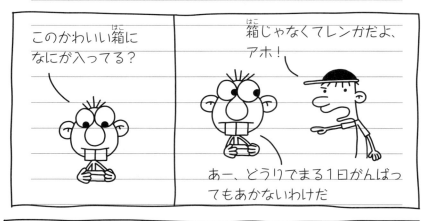

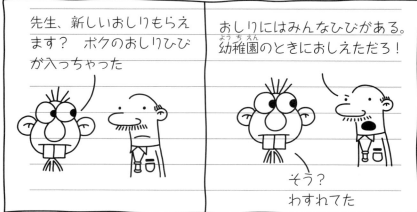

「くるくるクレイトン」でべんりなのは、なにを描こうと苦労しないですむことだ。学校中におバカなやつがたくさん走りまわっているから、新しいネタにこまることはぜったいないだろう。

きょうは、学校についてすぐ、アイラ先生の部屋にボクのマンガをもっていった。アイラ先生は学校新聞のしどうを担当している。

　先生のつくえの上に提出しようとしたら、ボクと同じようにマンガ担当になりたい子の応募作品がいっぱいおいてあるのに気がついた。

　だいたいの作品はすごくヘタだから、ボクは楽勝だろう。

177

応募作品のなかに、ビル・トリットが書いた「アホな先生たち」って題のマンガがあった。

ビルはいつも先生たちにいのこりをくらってる。だから、学校中の先生がビルにうらまれていると思う。もちろんアイラ先生もにくまれているにちがいない。

だからとうぜん、ビルのマンガがえらばれる可能性はないだろう。

じつをいうとね、ひとつかふたつ、いいセンいってるおもしろい作品もあったんだ。でも、それはまるごと先生のつくえのべつの書類のなかに、そーっとまぜちゃった。

ボクが卒業するまで見つからないといいな……。

## 木曜日

きょう、まちにまった結果が、朝の校内放送で発表された。

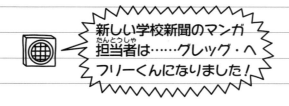

学校新聞は昼食のときにくばられて、みんなすぐに読みだした。

もちろんボクもすぐもらって自分の名前がのってるのを見たかった。だけど、かっこつけて気にしないふりをした。

これで、すぐにボクのマンガのファンになった子がよってくるかもしれない。サインをしやすいようにテーブルのはじにすわった。だけど、だれもボクのマンガをほめにやってこない。なにかまずいことやった？　ボクは、すごく不安になった。

　そこで新聞をさっとつかんでトイレにかけこんだ。新聞にのったボクのマンガを見たとき、しんぞうがとまるかと思った。

　たしかに、アイラ先生はボクのマンガに「すこし手をいれる」っていったよ。それって字の書きまちがえをなおすとか、ちょっとしたことだけだと思ってた。なのに、先生はボクの作品をだいなしにしちゃったんだ！　それも、先生がめちゃめちゃにした作品はボクのいちばんのお気にいりだったんだ。ボクのマンガでは、くるくるクレイトンが算数のテストをうけて、うっかりテスト用紙を食べちゃうんだ。そこで、先生がクレイトンを、このおバカ！ってどなりつける。

アイラ先生が手なおししちゃったマンガは、だれが読んでももとのストーリーがまったくわからない。

勉強したいクレイトン　　　　　　　　グレゴリー・ヘフリー作

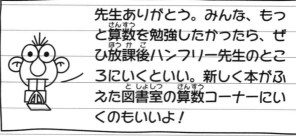

これじゃあ、このさきボクがサインする必要はぜったいないだろう。

# 3月

**水曜日**

　けさ、ボクとロウリーはいつものようにほかのパトロールの子たちといっしょに食堂でおいしいココアをのんでいた。すると、とつぜんよびだしの校内放送があった。

ロウリーは先生の部屋へいったんだけど、15分後にもどってきたとき、かなりショックでオロオロしてたみたいだった。

　どうやら、ある保護者からウィンスキー先生に電話がかかってきたらしい。ロウリーが幼稚園の子たちをめんどうみるどころか、こわがらせていじめていたのをもくげきしたというんだ。先生は、ものすごいけんまくでおこっていた。

ロウリーは、先生に10分間もどなられて、「委員の名誉をきずつけた」と、しかられたらしい。

　あのね、ボクにはなんのことだかわかったよ。先週、ロウリーは4時間目に小テストがあったんで、ボクひとりで幼稚園児をいんそつしたんだ。

　その日の朝は雨だったから、歩道にミミズがいっぱいウヨウヨしていた。それで、ちょっと小さい子たちをからかっちゃったんだ。

でも、近所のおばさんが見ていて、ベランダからどなりつけてきた。

　ロウリーのママと仲のいいアービンさんだった。ボクをロウリーとかんちがいしたんだろう。ボクはロウリーの服をかりてたからね。でも、ボクもロウリーじゃないっていおうとしなかったんだ。

　このこと、今の今まで、すっかりわすれてた。

　とにかく、ロウリーは、あしたの朝、幼稚園の子たちにあやまらなくちゃいけなくなった。そして、ウィンスキー先生から1週間安全パトロールはおあずけだって、いいわたされた。

正直にウィンスキー先生に、ミミズで園児をおっかけたのはボクだっていうべきなのはわかっていたよ。でも、ボクにはきちんと話す気もちの準備ができてなかったんだ。ほんとうのことをちゃんと話しちゃったら、もう委員としてとくべつにココアをのむことができなくなるからね。たったそれだけの理由で、ボクはとうぶんのあいだだまっていようときめた。

　夕食のとき、ママは、ボクになにかあったと感づいて、話をしようと部屋についてきた。

　ボクは、むずかしいことになっちゃって、どうしていいかわからないんだって話した。

　そのあとのママのたいどには、ちょっとかんしゃしている。ママはボクをうたがったり、こまかいことをきいたりしてこなかった。ママがいったのは、なにをえらぶかで、その人がどんな人間なのかがきまるのだから、正しいことを心がけてやりなさいってことだけだった。

186

ボクにぴったりのアドバイスだと思う。でも、やっぱりあしたどうしたらいいのか、まだきめられないでいる。

## 木曜日

　きのうの夜はひとばんじゅうずっとロウリーのことをなやんでいてねむれなかった。だけど、やっと決心したよ。ボクが思う正しいことは、ふたりの友情のために、今回だけはロウリーにぎせいになってもらうことだった。

　学校の帰り道、ボクはロウリーにすべてをうちあけた。なにがおきて、どんなふうにボクがミミズで園児をおいかけたのか、正直にすべて話した。

そして、今回のことは、ボクたちのいい勉強ざいりょうだってロウリーに説明した。つまり、ボクは、アービンさんちの前では行動に気をつけなきゃいけないって学んだし、ロウリーもきちょうなことを勉強したわけだ。服をかすあいては、しんちょうにえらばなきゃいけないってことをね。

　でも、じつはね、ボクのいいたいことが、ロウリーにはぜんぜんつたわってなかったんだ。

　放課後いっしょにあそぶやくそくだったのに、ロウリーは家でひるねをしたいといって帰ってしまった。

　ロウリーのことを悪くいうつもりはない。だって、ボクにしたって、朝のココアをぬいたらエネルギー不足になるからね。

家についたら、ママが玄関でボクをまっていた。

　ママはボクをつれだして、とくべつにデザートをおごってくれた。この経験でよくわかったんだけど、たまにはママのいうことをきくのも悪くないね。

## 火曜日

　きょうも校内放送でよびだしがはいった。正直いって、放送があるだろうってボクは思ってたさ。

　先週しでかしたことでボクがおこられるのは、時間の問題だってわかってた。

　ウィンスキー先生の部屋へ行ってみたら、先生はすごくおこっていた。「だれかの通報」で、ミミズおいかけ事件の真犯人はボクだってきいたんだって。

　先生は、ボクを安全パトロールの仕事から「そっこく」クビにした。

まあ、たんていをやとわなくても、「だれか」がロウリーなのは、わかることさ。

　こんなふうにロウリーがボクをうらぎるなんて信じられなかった。ボクは、ウィンスキー先生にガミガミしかられながら考えていた。自分の友だちには、友情をたいせつにしなきゃいけないって説教しておく必要があるってね。

　それからロウリーは、パトロール委員にもどった。きいてよ、ロウリーは昇級した！　えらくなったんだよ！　まちがったうたがいをかけられながらも、正々堂々とりっぱな態度で行動したからだってさ。

先生にチクッたことを、ロウリーにおこってやろうと思ったけれど、あることに気がついた。

　6月に安全パトロールの生徒だけで遊園地に行くとくべつ遠足がある。安全委員はそれぞれひとりだけ友だちを招待していいんだ。ぜったいにロウリーがボクをえらぶように手をうっておかなきゃならない。

## 火曜日
　この前も書いたけど、安全パトロールをおいだされてサイアクだったのは、あついココアをのめなくなったことだ。

　毎朝ボクは、ロウリーにわけてもらおうと食堂のうら口へ行った。

でも、ボクの仲よしのはずのロウリーは、ほかのやつらのごきげんとりにいそがしいのか、まどからのぞくボクに気づかない。

　考えてみたところロウリーは、ボクをかんぜんにムシしている。それってひどいだろ？　ボクのきおくが正しければ、ロウリーのほうがボクをうらぎったんだよ。

　たしかにさいきんロウリーは、ムカつくたいどばかりとってるけれど、きょうこそなんとか仲なおりしようとがんばってみた。だけど、なんだか、うまくいかなかった。

# 4月

**金曜日**

　ミミズ事件があったときから、ロウリーは、コリン・リーと毎日、放課後いっしょにいる。ホント、ムカつくんだけど、コリンは、ロウリーがいないときボクがあそぶ友だちだったんだ。

　あいつらの行動はホントにアホくさい。きょうなんか、おそろいのTシャツをきてたんで、ボクはゲッて思ったよ。

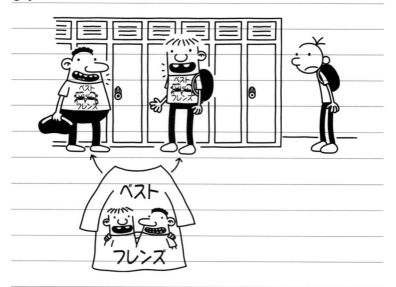

　夕食後、ロウリーとコリンが仲よく坂をのぼって行くのが見えた。

コリンは旅行カバンをもっていたから、きっとロウリーの家にとまるんだろう。さんざん見せつけやがって！　こっちも負けずに新しい親友をつくってロウリーに見せつけてやるのがいちばんだ。でも、くやしいけど、ボクがすぐ思いつくやつといったら、フレグリーしかいなかった。

　そっちがそうならボクだってほかの友だちと遊ぶんだ！　ってロウリーに見せつけるために、ボクは旅行カバンをもってフレグリーの家へむかった。これなら、ボクにもほかの友だちがいるんだって、ロウリーもわかるだろう。ボクがついたとき、フレグリーはちょうど外で凧に木の枝をぐさぐさつきさしているところだった。まずい、やめといたほうがいいかもって、すぐに思ったさ。

195

でも、ロウリーが、自分んちの庭からボクを見てたんだ。だからボクは引きかえすに引きかえせなかった。ボクは、よばれてもいないのに勝手にフレグリーの家にはいっていった。フレグリーのママは、フレグリーの「あそび友だち」だと大かんげいしてくれた。そうよばれても、ボクはうれしくないよ。

　フレグリーとボクは、２かいのフレグリーの部屋へ行った。フレグリーがツイスターゲーム（みんなも知ってると思うけど、シートにある４色の丸に手や足をのせていって、たおれないほうが勝ちになるゲームなんだ）をやりたがった。それでボクは、フレグリーとは３メートル以上かならずはなれているように、ものすごく用心してあそんだ。早いところこんなバカなことをやめて家に帰ろうと思った。でも、まどの外を見るたび、かならずロウリーの家の前にロウリーとコリンがいるんだ。

あいつらが家の中にはいるまで、ボクはぜったいここからでたくない。でも、そう思っているあいだにフレグリーの暴走はますますひどくなり、とうとう手に負えないことになった。ボクがまどの外ばかり気にしていたあいだに、フレグリーがボクのカバンからゼリービーンズをだして、ひとふくろぜんぶたいらげちゃったんだ。

フレグリーは砂糖を食べるとこうふんする。だから、2分後に大さわぎをしはじめた。

フレグリーは、ものすごいいきおいであばれだして、ボクをあちこちおいかけまわした。そのうち砂糖が切れておさまるだろうと思ったのに、ぜんぜんダメだった。けっきょくボクは、バスルームにカギをかけてたてこもり、フレグリーがおちつくのをまつハメになった。

夜の11時半ごろ、やっとろうかがしずかになった。と、思ったら、フレグリーがバスルームのドアの下からメモをすべりこませてきた。

ボクはすぐにひろって読んでみた。

グレッグへ

鼻くそのついた指でおいかけて、ごめん。この紙にひとつくっつけといたから、これでボクにしかえししていいよ。

おぼえているのはここまでだ。だって、ボクは気をうしなっちゃったんだから。

　ボクは、数時間後に正気にもどった。おきあがってすぐ、バスルームのドアをそっとあけてみた。フレグリーの部屋からいびきがきこえたんで、大あわてでにげだすことにした。

　午前2時なんかにボクがおこしちゃったから、ママとパパはきげんが悪かった。だけど、このさい、そんなことはどうでもよかった。

## 月曜日

　そうそう、ボクとロウリーが公式に「むかしは、友だち」のかんけいになってから、すでに1か月になる。正直なところ、ボクはせいせいしている。

　あんな、やたらおにもつになるやつのことなんか考えてないで、自分のやりたいことをできるようになったんだからね。

　このところボクは、放課後、家にもどると、兄ちゃんの部屋のガラクタを見て楽しんでいる。この前、兄ちゃんの卒業アルバムを見つけた。

兄ちゃんったら、それぞれの顔写真に書きこみをしてた。だから、兄ちゃんが同じ学年のやつらをどう思っていたのかわかるんだ。

　たまーに兄ちゃんのもとクラスメートを、町で見かけることがある。教会につれて行かれても、見おぼえのある顔を見つけて楽しめるようになったから、兄ちゃんにかんしゃしなくちゃな。

　それにしても、兄ちゃんのアルバムでチョーおもしろいのは学年投票のページだ。

　学年投票でえらばれた学年ナンバー１の人気者とか、学年ナンバー１の頭のいいやつとかが、顔写真入りでのっている。

もちろんこの顔写真にも兄ちゃんの書きこみがあった。

## 将来一番有望な生徒

　それでね、ボクはこの学年投票に、すっかりむちゅうになっちゃった。

　いったんえらばれてこのページにのったら、永遠につづく名声を手にいれたようなものだ。とにかく永遠に記録としてのこるんだから、そのあとえらばれたとおりになるかなんて、かんけいない。

　じっさいにボクは、学年投票にえらばれたのに、成功しなかった人をたくさん知っている。でも、いまだにみんなとくべつあつかいされてるんだよ。

　それで、ボクのたどりついた結論はこうだ。今年度はいろいろヘマをやっちゃった。でも、もし学年投票でなにかにえらばれたら、すぐに名誉をとりもどせるにちがいない。

　どの学年ナンバー１をねらえるかしんけんに考えてみた。学年ナンバー１の人気者とか運動選手とかはぜったいにむりだから、ボクにも可能性のあるものを見つけなくちゃならない。さいしょに思いついたのは、学年さいごの日まで毎日うんと、いい服をきて、ベストドレッサーにえらばれることだった。

203

でも、それはつまり、ジェナ・スチュワートといっしょに写真をとるってことになる。ジェナときたら、大むかしにアメリカへさいしょに移住してきたガチガチの清教徒みたいな服をきてるんだ。

## 水曜日

きのうの夜、ベッドでねていたら、とつぜんひらめいた。ボクは、学年ナンバー1の「おわらいキャラ」をめざす！

いまのボクは、学校で有名なおもしろいやつってわけじゃない。でも、投票直前に大爆笑のいたずらをひとつ成功させれば、きっとえらばれるはずだ。

# 5月

**木曜日**

　きょうの授業中、ボクは、ウォース先生のいすに画びょうをおく方法をひたすら考えていた。でも、先生のひとことで、計画をねりなおすハメになった。

　あした、先生は歯医者を予約しているから、かわりの先生がくるとボクらにつたえた。かわりの先生ってのはサイコーに都合のいいからかいあいてになる。だって、その日だけくる先生だから、なにをしようがあとからしかられることがないんだ。

205

## 金曜日

　きょう、ボクは計画を実行するつもりで授業へ行った。なのに、教室の入り口についてみると、そこにいたかわりの先生は……よりによってだれだったと思う？

　世界中にこれだけたくさんの人間がいるっていうのに、いったいどうしてきょうの先生がママなんだ？　ボクの学校では、たまにボランティアのおかあさんがかわりに先生をすることがあるけど、ママがボランティアをするなんて話はきいてなかったぞ！

　むかしママは、よく先生の手つだいをしに教室へきていた。でも、ボクが3年生のときに動物園への遠足のつきそいボランティアをしてから気もちがかわった。

ママは、子どもたちがいろんな動物を見て学べるようにって、すごくたくさんのプリントを用意してきた。なのに、みんながきょうみをもったのは、動物のウンチやおしっこを見物することだけだったんだ。

　とにかく、ママのおかげで、ボクが学年ナンバー1のおわらいキャラになる計画は失敗におわった。学年投票に「マザコン・ナンバー・1」っていうのがなかっただけでも、運がよかった。もしあったら、すんなり「マザコン・ナンバー・1」にえらばれちゃっただろう。

きょうは、学校新聞がくばられる日だ。ボクは、例の「くるくるクレイトン」が１回のってから、すぐにマンガ担当をやめていた。そして、そのあとだれがやるかなんて、ぜんぜん気にしていなかった。

　でも、みんなランチタイムにマンガを読んでわらってるから、なにがそんなにおかしいのか知りたくて、１部もらってきた。マンガのページをひらいて、ボクは思わず自分の目をうたがった。

「ほりゃマンマたいへーん」がのってたんだ！　そのうえにだよ、アイラ先生はロウリーのマンガをひとこともなおしてなかったんだ！

つまり、ホントならボクが人気者になるはずだったのに、ロウリーがぜんぶやったことになっていたんだ。

そのうえ、先生たちまでロウリーにうけようとしてるんだ。授業でウォース先生がチョークをおとしたときなんて、昼に食べたランチが口からでそうになった。

## 月曜日

「ほりゃマンマたいへーん」の大ヒットに、ボクはかなりムカついていた。ふたりでいっしょに考えたのに、ロウリーひとりがやったことになっている。せめてボクの名前もいっしょにのせるべきだよ。

　だから、放課後ロウリーにもんくをいいにいった。けれどロウリーは、「ほりゃマンマたいへーん」は、かんぜんに自分ひとりのアイディアで、ボクなんかかんけいないっていいはった。

　どうやらボクたちはかなり大声でケンカしてたみたいで、すぐにやつらが集まってきた。

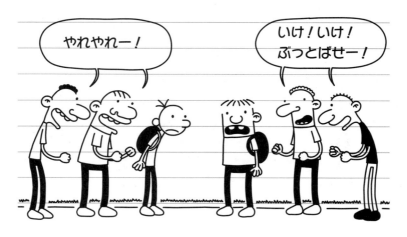

210

うちの学校のやつらは、いつだって友だちどうしのケンカが見たくてうずうずしてる。ボクとロウリーは、にげようとしたけれど、あいつらときたら、ボクたちがパンチをやりあうまで行かせてくれなかった。

　ボクは、今まで本格的なケンカをしたことがない。だから、かまえ方も、なぐり方もわからない。ロウリーにしたって、なにをしてるんだか、ぜんぜんわかってなかったんだろう。ひょこひょこうごく妖精みたいに、ひたすらとびはねているだけだった。

　負けない自信はあったけれど、ロウリーが空手をならってたことを思いだして、ちょっと心配になった。空手のけいこでロウリーがどんなイカサマをならってきたのか知らないけど、地面にうちのめされることだけは、さけたかった。

ボクとロウリーがつかみあう前に、キキキーッという音が学校の駐車場のほうからきこえてきた。軽トラックがとまって、高校生が何人もおりてきたんだ。

　みんながボクとロウリーじゃなくて、高校生のやつらを気にしだしたから、ボクはほっとした。でも、こっちにやってくる高校生を見て、みんなにげだした。

　なんだか、こいつら見たことのある高校生だぞ！……って気づいた。

　そうだ。ハロウィーンの夜にボクとロウリーをおいまわした例の高校生たちだ。とうとうボクたちにしかえしにきたんだ。

ボクたちはにげるまもなく、ガシっと両うでをつかまれた。

　ハロウィーンの夜みたいなことをしでかすと、どういう目にあうのか、ボクたちに思いしらせようとしてきたんだ。さっそく、ボクたちをどうするか相談しはじめた。

　でも、正直いって、ボクにはもっと心配なことがあった。ボクたちの立っていたところは、例のくさいチーズからほんの1～2メートルしかはなれていない。おまけにチーズは、前よりずっと気もち悪くなっていた。

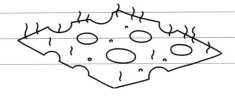

いちばんデカイ高校生がボクの視線に気づいたらしく、すぐにチーズを見つめた。どうやらそれで、ひらめいちゃったらしい。

　ロウリーがまず引っぱりだされた。高校生はロウリーをつかんで、ずりずりとチーズのところへ引きずっていく。

　あのね、それからなにをされたか、ボクは口にしたくない。だって、もししょうらいロウリーが大統領に立候補したくなったとして、この事件をだれかにバラされたら、かくじつにチャンスがなくなるからね。

　だから、こう書いておく。あいつらが、ロウリーにチーズを——○○○○○んだ！

つぎは、ボクも同じ目にあう番だった。こんなやつらあいてにケンカしてにげられるわけもなく、ボクは頭の中がパニックになった。

それで、口からでまかせをいったんだ。

信じられないだろうけど、これがうまくいった。

高校生（こうこうせい）たちは、まんぞくしたらしい。のこりのくさいチーズをぜんぶロウリーにしまつさせると、ボクたちを自由（じゆう）にして、トラックにのりこんで去（さ）って行った。

　それからボクとロウリーはいっしょに家に帰った。でも、ふたりともひとことも話をしなかった。

　なんで、せっかくならった空手（からて）のわざを、ためさなかったんだよ？……とロウリーにいおうとしたけど、今はそんなことをいうべきじゃないって気がして話すのをやめた。

ガタガタ　ブルブル

**火曜日**

　きょう学校で昼食がすむと、先生がみんなを外にだした。

　だれかが5秒もしないうち、チーズがいつもの場所にないって気がついた。

　みんな、チーズがあった場所を見に集まってきた。チーズがなくなったなんて、ウソだと思ったんだろう。

　みんなは、チーズはどうなったんだろうと、バカな推理をあれこれ考えはじめた。チーズに足が生えて歩いていっちゃったんだなんていうやつまでいた。

ボクは、自分からはなにもいわないぞって口をかたくとざしていた。正直なところ、ロウリーがその場にいなかったら、だまっていられたかどうか自信がない。

　チーズがどうなったのかいいあっているやつの中に、きのうの午後ボクとロウリーにケンカをさせようとしたやつらもいた。だから、ボクたちがかんけいしているにちがいないと、そいつらがうたがいだすのは、時間の問題だろう。

　ロウリーは、だんだんパニックになってきた。気もちはよくわかる。もし、チーズが消えたほんとうの理由がわかったら、ロウリーはおしまいだ。この土地をでていくか、もしかしたら外国まで引っこさなきゃいけない。

だから、ボクはみんなに話をしようときめた。

　チーズがどうなったのか知っていることをみんなにおしえたんだ。そして、ずーっとチーズがあるのは気もち悪くてたまらなかったから、すっきりするようにすてたんだ！っていってやった。

　すると、そのしゅんかん、みんなはかんぜんにこおりついた。てっきりボクにかんしゃしてくれるかと思ってたのに、とんでもなかった。

　ホントはちょっと話をかえていえばよかったんだよね。ボクがチーズをすてたってことは、つまり、どういう意味だかわかる？　ようするに、このボクが「チーズえんがちょ」になったってことさ！

# 6月

**金曜日**

　先週ボクがロウリーのためにやったことに、ロウリーはありがとうのひとこともいわなかった。でもボクたちは、また放課後いっしょにあそぶようになった。つまりボクとロウリーの仲がもとにもどったってことだ。

　正直いって、今のところ「チーズえんがちょ」も、そう悪くないって思ってる。

　体育のフォークダンスは、だれもボクと組みたくないから、おどらないですむ。それに、毎日ランチテーブルをまるごとひとりじめできる。

　きょう、学校は、さいごの日だ。6時間目のあと、学年アルバムを受けとった。

学年投票のページをめくると、この写真がボクをまちうけていた。

### 学年ナンバー1のおわらいキャラ

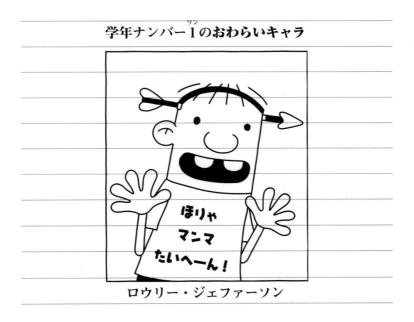

ロウリー・ジェファーソン

ボクにいえるのはただひとつ、タダで学年アルバムをほしかったら、食堂のうしろのゴミ箱をあさってみろってことだけだ。

あのさ、ロウリーが学年ナンバー1のおわらいキャラにえらばれたのはボクのおかげ。でも、もしロウリーがボクにデカイ態度をとろうもんなら、ちゃんと思いださせてやるんだ。だれが◯◯◯を食べたのかってね！

## 作者／ジェフ・キニー

オンラインゲームの開発者およびデザイナー。ワシントンD.C.で育ち、1995年よりニューイングランド地方で暮らしている。妻ジュリー、二人の息子ウィル、グラントとともにマサチューセッツ州南部在住。

## 訳者／中井はるの

大学卒業後、しばらくして翻訳の仕事につき、出産をきっかけに児童書の翻訳にも取り組むようになる。（株）メディア・エッグ所属。

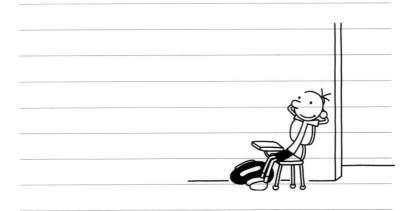

**ハンディ版
グレッグのダメ日記**

2015年11月　第1刷

ジェフ・キニー／作
中井はるの／訳

発行者　奥村 傳
編　集　加藤裕樹

発行所　株式会社ポプラ社
　　　　〒160-8565　東京都新宿区大京町22-1
　　　　TEL 03-3357-2212（営業）
　　　　　　 03-3357-2216（編集）
　　　　　　 0120-666-553（お客様相談室）
　　　　振替 00140-3-149271

印刷・製本　瞬報社写真印刷株式会社

Japanese text©Haruno Nakai 2015 Printed in Japan
N.D.C.933／223P／19cm　ISBN978-4-591-14775-7

---

※落丁本、乱丁本は送料小社負担でお取り替えいたします。
　ご面倒でも小社お客様相談室宛にご連絡ください。
　受付時間は月〜金曜日、9:00〜17:00（ただし祝祭日は除く）
※読者の皆様からのお便りをお待ちしております。
　いただいたお便りは編集局から訳者にお渡しします。
※本書のコピー、スキャン、デジタル化等の無断複製は著作権法上で
　の例外を除き禁じられています。本書を代行業者等の第三者に依頼
　してスキャンやデジタル化することは、たとえ個人や家庭内での利
　用であっても著作権法上認められておりません。